JN311400

新潮文庫

# 夢魔の標的

星 新一著

新潮社版

2438

# 夢魔の標的

# 1

歩きながら、なにげなく顔をあげた。ビルの上にある大きな時計の針は、午後の八時ごろのところにあった。

昼のあいだ、どこかの物かげにひそんでいた闇《やみ》。それらが解放されて徐々に空気中をたちのぼり、空に広がりおわった時だった。だが、満潮になっても容易に波に没しない岩礁《がんしょう》がある。ちょうどそれに似て、このあたり都心の繁華街は、なかなか闇を寄せつけようとしなかった。

大通りに並ぶ商店の飾り窓からは、照明が限りなくわき出し、暗さをあくまで押しかえしている。また、裏通りに並ぶバーの建物の壁の上では、ネオンサインの光の糸によって、ぬいとりが果てしなくつづけられていた。盛り場は人びとの雑踏によって昼の眠りから覚め、ますます、ごきげんな表情を作りかけていた。

しかし、光や雑踏にとっても、死角がないわけでもない。銀行の通用口、ビルのちょっとしたくぼみのようなところ。そのような場所に、小さな四角い灯をのせた机が置かれている。いうまでもなく、占いを商売にする店のことだ。

　机のそばにたたずむ易者の視線は、灯台の光条のようにあてどもなく、だが、誘蛾《ゆうが》灯《とう》の静かさのように意味ありげに、人の流れにむけてふりまかれている。ふとその視線を感じた者は、だれしも自己につきまとっている悩みの存在に、あらためて気がつく。だれだって、なんらかの悩みをたずさえているのだから。

　しかし、たとえ悩みの一つが解決されてみたところで、それは涸《か》れることのない泉ではないか。むしろ、生きていることの実証かもしれない。だいいち、占いによって解決された悩みなど、聞いたことがないではないか。いくらかの金を払い、その代償として、とらえどころのない言葉を得るだけのことだ。多くの人は、このような健全な常識によって、さざ波の立ちかけた心を押えつける。そして、十歩も足を進めるうちに、いまの感情などは、すっかり忘れてしまうことだろう。

　だが、心のなかで、なにかをよほど持てあましている者、あるいは、健全な常識のほうが乱れかけている者は、思わず足をとめてしまうのだ。たとえば、私のように……。

　私はふりかえって三歩ばかり戻り、机のそばに立った。易者は黙ったままだった。

それは不愛想ではなく、この商売における、客を迎える態度なのだ。いらっしゃいませ、お見かけした時から、きっとお寄り下さるだろうとお待ちしていました。こんな言葉を、満面に笑いをたたえてしゃべられては、たいていの人は逃げ出すにきまっている。

占いの店に引きつけられるお客は、ガラス製の精巧な工芸品、シャボン玉のように薄くふくらんだゴム風船、ろうそくの炎などを、心のなかに持っているのだ。いや、持っていると思い込んでいるだけなのかもしれない。しかし、いずれにしろ、衝撃を与えることは許されないのだ。それを迎えるのは、大げさな微笑や同情ではなく、しばらくの沈黙と、それにつづく淡々とした口調でなくてはならない。

「まず、左のほうの手を……」

と、易者は言った。私はさげていた大型のバッグを足もとにおろし、それに従った。手のひらの上を懐中電灯の黄色い光がはいまわりはじめ、一瞬、いつも見なれている自分の手でなく、借りてきた他人のもののようにも思えた。

「……こちらは先天的な運勢……」

そして、芸術とか芸能といった自由業にむいているようです、などと説明しはじめた。私はうなずき、軽く話しかけた。

「過去や現在のことは、当ることになっているらしいな」

「そうですとも。それが当らないようでは、易者として、どうしようもありません」

相手は落ち着いた口調をつづけた。あるていど練習をつみさえすれば、つとめ人と、そうでない者とを見わけることぐらい、できるようになるにちがいない。また、自由業のなかでも、商店の経営者と、そうでない者とを……。

「十年ほど前に、なにか大きな悩みごとを経験なさった。そして、それを乗り越えてこられた……」

「ああ」

と、私は答えた。私は三十歳。外見もほぼその通りだ。易者は二十歳のころを指摘したらしい。だれもが最も悩む年ごろだ。学校のこと、異性のこと、自己の才能のこと……。当るにきまっている。乗り越えたにしろ、うやむやになってしまったにしろ、現在ここにこうしているからには、なんとか処理がついているというものだ。二十歳の時の悩みを、そのまま十年も持ちつづけているやつがあったとしたら、どうかしている。だが、自分の力で乗り越えたように言われると、そう悪い気はしない。

「ははあ、少し前に女性関係で、いやな思いをなされましたな」

相手は、たいていの客にあてはまる言葉を、口にしただけだったのかもしれない。

しかし、私の心は少しこたえた。たしかに、二週間ほど前に失恋をしていた。その女性が私をきらいになったからではなかった。私の仕事を、安定した職業とみなさなかったのだ。女性とは現実的なものである。そのため、彼女は私との結婚に踏み切ることに、ためらいを示した。私はそれを察し、すべてに終止符を打ったのだ。

「いくらか、積極性に欠けたところがありますな……」

その通りだ。だからといって、それを指摘されたところで、性格ではどうしてみようもない。

「しかし、まもなく、もっといい女性が……」

「いつのことだかな」

易者のおざなりめいた言葉に、私は少し皮肉を言った。だが、相手は一向にあわてることなく、私の手のひらを指で押しながら、もっともらしく顔を近づけた。

「数日のうちに……」

ここまで言いかけて、なぜか不意に口をつぐんだ。私にとって、見のがすことのできる変化ではなかった。

「数日のうちに……。いったい、なにがおこるのです」

相手は答えず、その顔には一種のためらいの表情がひろがった。気をもたせるとか、その他、商売上の技巧といったものでないことは、たしかだった。なぜなら、表情ばかりでなく、しばらくして応じた声の調子も同様だったのだから。

「ええ、それが……」

易者はまたも言葉をとぎらせ、息を飲んだ。私もまた息を飲み、それを一気に吐き出しながら、早口で聞いた。

「やはり……やはりそうか。やはり、なにかがおこるのだな。それがなにかを知りたいのだが……」

しかし、相手はまばたきをし、ひたいに困ったような感情を示した。このような商売をしているからには、最も避けなければならない表情のはずなのに。

「適当にごまかして、なにかを申しあげればいいのでしょうが、調子が乱れてしまいました。こうなってしまうと、勘が働きません。代金はけっこうです」

と、すまなそうな口調だった。

「代金は払うよ。しかし、どんなことだろう。少しでもいいんだが、想像がつかないか。危害が加わるようなことだろうか、生命に……」

「いや、普通に考えられるような危害ではないようです。なにか、もっとべつな……といって、盗難や異性関係の問題ともちがいましょう」

まったく手ごたえのない答だった。これ以上のことは、あきらめる以外にないらしい。

「危害でも盗難でもなければ、いちおう、安心するほかはないだろう。……ところで、こんなことは、よくあることかい」

「はじめてですよ。しゃべりつづけようとしても、なにか抵抗のようなものがあらわれてきたのです。自分でもわかりません。前になにかが立ちふさがったような感じでした」

「まあ、仕方がないだろう。ありがとう」

バッグを手に持って、代金はいいというものの、私は金をおき、そこを離れた。易者も、なんの役にも立たなかった。

いったい、なにがおこるのだろうか。なにかが私におこることだけは、よくわかっているのだ。それを知りたかったのだが。易者というものは、常人よりいくらか感覚が鋭いので、私からそれを感じとったのだろう。だが、それだけのことだった。

少し歩きかけたが、私はまた足をとめた。もう一軒、易者に寄ってみようと思いついたのだ。易者のはしご。易者荒し。こんな文句が頭に浮かび、笑いがこみあげてきた。しかし、その苦笑いも口のまわりだけにとどまり、それ以上には広がらなかった。

露地のかげに見つけたもうひとりの易者でも、やはり同じような結果だった。私は相手のしゃべる内容には耳をかさず、なま返事をしながら、もっぱら表情だけを注視した。

そのうち、ふたたび、さっきのに似た変化があらわれ、私は目をさらに見開いた。しかし、今回の相手は、商売意識が強いのか、しどろもどろになりながらも、なんとか切り抜けて話し終った。

「ここしばらくは注意なさるように。ごたごたに巻きこまれるかもしれません」

さっきの易者とちがって、良心的でないのだろうか。いや、このほうが良心的なのだろうか。しかし、いまの私にとって、それはどうでもいいことだった。なにか正体のわからないものに、忍び寄られつつあることを確認したのだから。

だが、さらによく考えてみると、ばかげたことをしたような気にもなってきた。なにもあらためて、確認するまでもなかったことではないだろうか。しかも、金を払ってまで……。

どうせ金を使うなら、また、近日中に待ちかまえている運命が避けられないものならば、酒でも飲んで気をまぎらすほうが利口かもしれない。

この思いつきに、私は従うことにした。いくらかの金はポケットにある。さっき、テレビ局でもらってきた金だ。そして、以前によく寄った〈ラルム〉というバーの近くにいることにも気がついた。

「いらっしゃいませ」

ドアを押して入ると、女の子の声が私を迎えた。二十三歳ぐらいの色白の女性だったが、見おぼえのない顔だった。最近この店に入った女性らしかった。ここは、そう広いバーではない。奥をのぞくと、二人づれの客の相手をしているマダム、和服姿の奈加子がこっちを見てあいさつをした。私は軽くうなずき、一人だからそうかまわなくてもいい、という意味を示した。ここのマダムに特に熱をあげているわけでもなく、気らくに酒さえ飲めればそれでいい。

「お荷物をお預かりしましょうか」

色白の女性は、私のバッグを見て言った。

「大事なものが入っているから、手荒に扱わないでくれよ」

「ええ……」

私が椅子《いす》にかけ、タバコを出しかけると、色白の女性が戻ってきた。そして、自己紹介をした。

「このあいだ、このお店に入ったばかりなの。麻佐子っていうの。どうぞよろしく」

彼女はタバコに火をつけてくれた。私はハイボールを注文し、まもなくそれが運ばれてきて、ありふれた型の会話が進展しはじめた。麻佐子は私を見つめながら、

「どんなお仕事を、なさっていらっしゃるの」

「なんだと思う……」

「さあ、わからないわ。普通のおつとめではなさそうだけど……」

易者ほどの観察力はなさそうだった。

「テレビ関係さ」と、ヒントを与えると、

「どんな番組に出ていらっしゃるの」

と、結論が飛躍した。テレビのメーカー、広告代理店、テレビ局の社員などでないことがわかったのだろうか。あるいは、あてずっぽうだったのかもしれない。しかし、それは当っていた。べつにかくすこともない。

「たいした番組ではないよ」

「どんな番組なの」

彼女はまた言った。

「わからないだろうな。いつも、相棒といっしょにでている。そいつを見れば、もしかしたら思いだすかもしれないが。こっちは、引き立て役のようなものさ」

「残念ね。そのかたも、ごいっしょにいらっしゃればよろしかったのに……」

いくらか失礼な言葉だったが、彼女はそれに気づかなかったようだ。私もまた、いっこうにとがめる気にならなかった。それどころか、気ばらしのために、すばらしいことを思いついて、それを口にした。

「いや、いっしょに来たよ。気がつかなかったかい」

麻佐子は激しくまばたきをし、つぎに目を丸くしたまま、店内を見まわした。だが、それらしい人物のいるわけがない。

「どこに……」

「さっき、きみがさわったはずだが」

「さわらないわよ。だれにも……」

と、彼女は少し青ざめた。私を狂気なのかと思い、幽霊という言葉が浮かび、ついで自分自身の正気を疑ったらしかった。いくらか気の毒だった。あとで、チップを渡さなければならないだろう。

「さわったじゃないか、バッグに」

「ええ」

「あのなかに入っているんだ」

「だけど、バッグよ……」

なにを想像したのか、彼女は身をこわばらせた。死体のたぐいと考えたわけでもないだろうが。

「紹介するから、持ってきてごらん」

「ええ」

麻佐子は立ち、こわごわとバッグを下げ、運んできた。グロテスクな小動物とでも思っているような様子で。私は笑いながら、

「落しちゃ困るよ。相棒が入っているんだから」

「大丈夫よ」

彼女は元気を取り戻した。冗談の一種にちがいないと気がついたのだろう。私はバッグに呼びかけた。

「出ていらっしゃい、クルコちゃん」

すると、バッグのなかから声がかえってきた。

「だって、あけてくれなけりゃ、出られないじゃないの」

それを耳にし、麻佐子は反射的に手をはなし、バッグは床に落ちた。とたんに、バッグのなかの声が叫んだ。

「痛いわ。早くなんとかしてよ」

麻佐子は目を閉じることもできず、立ったままだった。もう、これ以上からかっては残酷だ。私はバッグを拾い、ファスナーをあけた。そして、なかのクルコちゃんを出し、ひざの上にのせた。その名のごとく、クルクルした大きな目を持つ女の子を。腹話術師である私にとって、大切な相棒であるクルコちゃんを。

「あら、お人形だったのね……」

と麻佐子はため息を大きくつき、呪《のろ》いのとけた白雪姫のように、やっと動きをとりもどした。そして、私とクルコちゃんとを交互に見くらべながら言った。

「……思い出したわ。午前中の幼児の時間だかに出ていらっしゃるわね。あたしたちのようなお仕事をしていると、ゴールデン・アワーの番組は知らないけど、ひるまのにはわりとくわしいのよ」

「さっき話した通りだろう。相棒のほうが、いくらか有名だ」

私は麻佐子に、ハイボールの追加を注文し、また、好きな物を飲むようにすすめた。彼女はブランデーを飲み、いまの驚きはおさまったらしかった。

「それにしても、ほんとにかわいいわね、クルコちゃんて」

たしかに、よくできていた。あるあやつり人形劇団の専属で、若いが優秀な人形作りの人に、特にたのんで作ってもらったのだった。いままでの腹話術用の人形によくある、グロテスクなところを全部除き、近代的な感じを盛りこんである。鼻は少しとがり気味で、うしろから手で操作し、目と口とを動かすと、いかにも利口そうに見える。

私はクルコちゃんを動かし、かん高い声を作って、しゃべらせた。

「あら、おじさま。また、こんな店に入っているのね。そして、高いお金を出して、おしっこみたいなお水を飲んでいる……」

それに応じた形で、私は頭をかいてみせた。麻佐子はブランデーにむせながら笑い、カウンターのむこうで、さっきからそれとなく話を聞いていたバーテンまで思わず笑った。バーテンとは、表情だけで薄く笑うのが普通なのだが。

もちろん、私は幼児番組でこんなことをやりはしない。健全なおとぎ話をしたり、数をかぞえるお勉強のたぐいをやっている。だが、これで満足しているわけではなく、機会があればお昼すぎの演芸番組、あるいは、金になるコマーシャルなどに進出したいのだ。といって、この社会では、機会にめぐまれただけではだめだ。それをとらえて、なにか新しい分野を開拓して示さなければならない。

私はしばらく前から、このクルコちゃんに毒舌を吐かせる試みを、ひとりで工夫している。ほかの腹話術用の人形の大部分は男の子だが、これは女の子だ。そのあどけなさを強調し、ずばずばと毒舌をしゃべらせれば、新しいタイプの分野が開けるのではないだろうか。

社会問題の風刺などもできるし、また、相当つっこんだことを言っても、反感を受けなくてすむ。ちょっとした刺激と、笑いの世界が築けるかもしれないのだ。

私はハイボールを顔をしかめながら飲み、クルコちゃんに言いきかせてみせた。

「いいかい、クルコちゃん。これはおしっこじゃないんだよ。おしっこのもと、とは言えるかもしれないが」

「それなら、それをお便所に捨てればいいじゃないの。へんなお話だわ。高いお金を払って、からだのなかを通し、お便所に捨てるなんて、むだな手間ねえ」

と、クルコちゃんが言った。もちろん、私がクルコちゃんに代って、かん高い声で言わせたのだが。

「そんなことを言わないでおくれよ。そこが男性の、いうにいわれぬつらい点だ。それに、おまえを養わなければならない。苦労が多いんだよ」

「なにをいってるのよ、クルコを養うなんて。だいいち、クルコはなんにも食べないじゃないの。クルコがおじさまを養ってあげているのよ。忘れちゃいやだわ」

麻佐子は笑い、いつのまにかお客を送って、そばに来ていたマダムの奈加子も笑い声をあげていた。私は調子に乗り、私はつまりクルコのヒモなんだな、と口にしようとしかけたが、それはやめた。バーで軽率にヒモの話をして、座を白けさせてしまった経験を思い出したのだ。

「クルコちゃんには負けたよ。だけど、きょうは大目に見てほしいね。心配ごとで頭がいっぱいなんだ」

「いつも同じようなことを言ってるわ。聞きあきた口実よ……」

その時、マダムの奈加子が、私とクルコとの会話にわり込んできた。クルコがしゃべっていると、なんとなくサービスをしているような雰囲気だが、よく考えてみると、それは私のセルフサービスで、それではバーとしての責任が果せないと気がついたのだろう。

「なんですの。心配ごとって……」

私は答えた。

「夢さ」

「あら、それなら、だれでも同じことよ。夢がなかなか実現しなくて悩む。あなただけのことじゃないわ。そんなことで、そう深刻になることはないわよ。大いに飲んで、元気をお出しなさいよ」

　奈加子は私がくわえたタバコに火をつけながら、はげますように言った。もっとも、バーのマダムだけあって、どれだけ心をこめて言っているのかは、表情と声からでは見当もつかなかったが。しかし、そんなことはどうでもいい。彼女は少しかんちがいをしていた。

「いや。その逆さ。夢が実現しそうなので悩んでいるのさ」

　私は煙を吐きながら言い、奈加子は煙に巻かれたような口調で言った。

「そんなのないわよ。夢が実現しかかって悩むなんて。待望の大金が転がり込みかけたら、だれだって喜ぶはずよ。そんな時に、そのお金の保管場所や、税金などにまで気をまわし、取り越し苦労をする人は、まずいないでしょう」

　マダムの誤解はつづいている。

「そうばかりとは限らない。実現してもらいたくない夢だってあるさ」

「犯罪の発覚のようなこと……」

「おいおい、いやなことを言うなよ」

「だって、説明していただけないんですもの」

「いや、説明しようにも、どうなるのか、自分でもわからないのだ」

話を聞いていた麻佐子が、口をはさんできた。

「その夢って、夜に眠ってから見る夢のことなんでしょう」

「ああ、その夢さ」

「悪夢というたぐいね。寝る前に食べすぎたりすると、消化器に負担がかかって、夢を見るとかいう話だけど……」

「べつに、そんなこともしない。また、胸に手を当てて眠ったりもしない」

「どんな夢なの。こわい夢……」

彼女たちは、少し身を乗り出した。こわい現象には、だれしも興味をひかれるものらしい。脱線しかけた話がいくらか軌道に乗ってきた。

「普通の悪夢ならば、見ている時はこわいが、さめてしばらくたつと忘れてしまう。ところが、反対なんだ。見ている時にはそれほどでもないんだが、あとで考えると、なんとなく気になってくる……」

「あたしまで気になってくるわ。どんな夢よ。わけがわからないわ」と、マダム。

「自分にもわからないんだ。なにかが少しずつ迫ってくる、いや、なにかが形をとりはじめている。そんな感じなんだ。三週間ほど前から、断続的に見るんだ。忘れかけた時に……」

「それで……」

「それがこのごろ、しだいに鮮明になりかかってきた。しかも、毎晩つづいて……ちょうど、双眼鏡で遠くを眺めていて、焦点を合わせているようにね。ぼやけ、にじんでいる各部分が、はっきりしかかってきた」

「どんな形になってきているの……」

「四角い箱のような形だ。眼鏡をなくした近視の人のように、じれったいもどかしさ。同時に、はっきりするのがこわいような……」

「変なのね……」

マダムは、つづけて、気のせいよ、と言いたそうだったが、このような形で話が進んでくると、それもとってつけたような感じになると思ったらしかった。会話がとぎれ、私はグラスをあけた。酒の追加をたのみ、この話をいいかげんで打ち切ろうと思った。あまり、ひとをいい気持ちにはさせない。

私は雰囲気を変えるため、クルコちゃんの口を借りてしゃべらせた。

「おじさま、いやらしいお話のようね。もどかしくて、こわいなんて。温泉のお風呂《ふろ》場《ば》をのぞいて、すりガラスをへだてて、裸の女の人を眺めている時の感想なんでしょ」

「クルコちゃんは、よけいな口を出さず、おとなしくしていなさい」

私はクルコの頭を押えた。笑いがもどり、いくらか明るくなった。だが、彼女たちは、やはり、この話題から離れようとしなかった。麻佐子は押えきれないように、

「だけど、なんなのかしら、その四角い箱って」

「わからない。いや、だいぶはっきりしかけてきたから、二、三日ちゅうにわかるんだろうな。わからないままであって欲しいが、相手が夢ではね……」

それから私は、つい、クルコちゃんにしゃべらせてしまった。無意識のうちに飲みつづけていたので、アルコールが相当にまわっていたためかもしれない。

「クルコは知っているわ。四角いものって、箱なのよ。それも、ただの箱じゃないの、お棺よ。なかに、おじさまが入っているの。クルコ、どうしようかしら。そうなったら、孤児になっちゃうわ。だけど、心配することはないわね。おじさまの遺産がごっそり入っちゃうんだから。引き取り手は、いっぱいあると思うわ」

こんなことは言わなければよかった。しかし、口から出てしまった。もしや、という心の片すみの不安が、アルコールで溶かされて流れ出たせいだろう。

クルコちゃんが目をクルクル動かし、かん高い声で、あどけなくこんな話をするのは、われながら目をとじたくなる光景だった。

彼女たちも眉《まゆ》をひそめた。早いところ、この空気を追い払わなければならない。

「なにを言ってるんだ。あの箱は、クルコちゃんの入る箱だ。あんまり悪いことばかり言うから、閉じこめてしまうんだ。二度と出してやらないぞ」

「ごめんなさい。もう言わないわ」

と、クルコちゃんに言わせ、私はバッグのなかにしまった。あまり上出来とは思えなかったが、仕方がなかった。そこで、私は言い足した。

「まあ、こんなぐあいにやろうと思うんだ。腹話術によるスマートなミステリー番組と名づけてね。どうだろう、効果は……」

これはいくらか役に立った。マダムはほっとしたように笑いながら、

「いやねえ。あたしたちを試験台に使うなんて。すっかり、変な気分にさせられちゃったわ」

麻佐子もそれにつづけて、

「ほんとよ、ママの言う通りだわ。……でも、大変ね、そんなストーリーを考え、しかも自分で演出するなんて」

「ああ、楽じゃないさ」

と、私は片づけた。彼女たちが果して、どの程度まで作り話と信じてくれたかはわ

からない。しかし、おそらくそう思い込んでくれたにちがいない。なぜなら、こんな形の夢の話など、現実に起るとは考えられないにきまっているではないか。

しかし、その起りえないことが、私に起りつつある、迫りつつあるのだ。しかも、カレンダーが毎日いやおうなしにめくられてゆくのと同じ確実さで。人びとはよく、確実さを形容するのに、夢ではない、という言葉を使う。だが、この場合は夢でありながら、なまじっかの現実以上に明確な印象だった。それでいて、どう対策を用意したらいいのか、まるでわからないのだ。

私は酒のお代りをたのみ、口のなかにあける速度をあげた。何杯も、何杯も……。できることなら、頭のなかに酒の人造湖を作り、四角い箱をその底に沈めてしまいたかった。酔いつぶれて、前後不覚になりたかった。

しかし、その計画はさえぎられた。いつのまにか閉店の時間になり、マダムが呼びとめてくれたタクシーに乗り、私がひとりで暮しているアパートの部屋に帰りついた。自動車の震動が加わったおかげだろうか、私は倒れるように眠った。ぐっすりと眠った。

ぐっすりと眠りはしたが、やはり例の夢があらわれてきた。四角い箱のようなものが、昨夜よりも、一段と鮮明になったようだ。しかし、細部はまだぼやけている。テレビの画面なら、もうちょっと室内アンテナの角度を変えれば、といった感じだった。テレビとちがって、この夢には音がなかった。だが、この次にはすべてがはっきりする、という予感が、音声よりも明らかにともなっていた。

目ざめとともに、頭痛がはじまった。いや、頭痛によって目ざめたといったほうがいい。眠りがついに押えきれなくなって、頭痛を動くにまかせてしまったように思えた。頭を振ると、痛みがはげしくなる。頭のなかに四角な箱がほうりこまれ、その角が内壁にぶつかってでもいるのだろうか。

しかし、いうまでもなく、飲みすぎた昨夜の酒のためだった。私は起きあがって水を飲み、インスタント・コーヒーとともに、ごく軽い朝食をとった。歯みがきを大量に使って歯をみがき終ると、ほんの少しだけ人心地がついてきた。ふだんの日課なら、ここで乾燥機つきの洗濯機にスイッチを入れるところだ。独身生活が身につき、なれてしまうと、それほど面倒な作業ではない。だが、けさはあまり気が進まなかった。

まったく、なにも仕事をする気になれなかった。もっとも、特にしなければならない仕事もなかったのだ。自分の出演する子供むけ番組のための台本、また、臨時にたのまれたドラマの脚色の仕事。いずれも締切りには、まだ日時があった。

窓から外を見ると、仕事への意欲を押えるように、曇った空がひろがっている。この一帯は小さな町工場の多い私鉄の沿線。その一画にある二階建てのありふれたアパート、その二階の一室が私の住居なのだ。まばらに立つ町工場の煙突からは、黒っぽい煙がものうげに立ちのぼり、雲にとけこんでいる。

タバコを吸い終り、昨夜からバッグに入れっぱなしだったクルコちゃんを出してやった。本来ならば、ひまな時間に絶えず対話の練習をしなければならない。腹話術の要点は即座のやりとりにある。頭のなかにもう一つの人格を用意しておき、なめらかに自由に、切り換えがきくようになっていなければいけないのだ。

だが、それもする気になれなかった。部屋のすみにある幼児用の椅子《いす》、近くの月賦《げっぷ》販売の店で気まぐれに買った品だが、それにクルコをかけさせ、ぼんやりとまたタバコを吸った。少しもうまくなかった。

しばらく無意味な時間が流れ、ベルの音がした。だが来客ではなく、牛乳店の集金人だった。私は金を払いながら、それとなく聞いてみた。たいていの事は、口にすると少しは気が軽くなる。

「変な話だがね……」

牛乳店の若い男は頭に手をやった。文句を言われるのかと思ったのだろうか。

「なんでしょうか。サービスでいき届かない点でも……」

「そんなことではない。いやな夢を見たんだ」

「おやすみまえに牛乳を召し上る時には、温めてお飲みにならなければいけません」

「いや、牛乳のことではないよ。変な夢を見ることはないかい」

店員はちょっと首をかしげたが、

「変でない夢なんて、ないんじゃないですか。そういえば、ぼくも昨夜、いや、けさかな、なにか見ましたよ」

「どんな……」

「そうですね。……よく覚えていませんが、遠くに四角い箱があるような……」

私は一瞬、頭痛を忘れた。だが、さりげなく聞いた。

「どんな箱なんだい。ぼやけていたかい」

「いいえ、ぼやけてはいなかったようですが、遠くてよくわからない、といった感じでした」

「気にならないかな」

「そんなことを気にしているひまなんかありませんよ。気にしたら、きりがないじゃありませんか。夢のことを気にして一日を過す、その疲れが夢に及んで、さらに夢が強烈になる。悪循環がはじまってしまうでしょう」

と、彼はなかなかの名論を口にした。私のことを解説されているようだった。私もその説に飛びつきかけたが、それはできなかった。私に関してだけなら通用する。しかし、この店員の夢にも、四角い箱があらわれた点までを含めた説明にはならない。

「よく見るかい、そんな夢を」

「さあ、覚えてないところをみると、はじめてでしょうね。……しかし、いったい、どうなさったんです。夢の話を持ち出したりして」

「テレビドラマの筋書きを考えているからさ。子供むけのファンタジーをひとつ、書かなければならない……」

私は適当に言葉を濁した。くわしく話してみたところで、あまり役に立ちそうにない相手だ。また、同じような夢を見たと力説したところで、信じてはくれまい。たちの悪い冗談と思われるにきまっている。もし、信じたとしたら、不安を与えるだけのことだ。相手が若い女性なら、巧妙な愛のささやきととってくれるかもしれないが、男なのだ。同性愛の傾向があるなどとかんちがいされたら、ろくな事にならない。集金人はうなずきながら帰っていった。

食欲がないため昼食はやめたが、午後になった。依然として、なにもする気になららなかった。そこへ、こんどは新聞の集金人が訪れてきた。外出する用事があれば、管理人に託しておくのだが、それをしなかったので、みな部屋までやってくる。

私はまたも質問を試みた。そして、意外な答、いや、心のどこかで予期していた答を得た。相手は言った。

「そういえば、けさがた夢を見ましたよ。しかし、考えてみれば変ですね。普通なら夢なんか、午後になれば忘れてしまうのに、思い出せたのですから。四角い箱があったような……」

偶然と呼ぶべきなのだろうか。昨夜のバーで話した以外、私はだれにも夢のことは話していない。また、かまをかけたわけでもない。

ふと、なにかで読んだ、気のきいた短い話を思い出した。高い治療代をふんだくる精神分析医を困らせる話。患者たちが相談しあって、同じ妄想をいっせいに持ち込む、とかいった筋だった。

しかし、まさかこの新聞の集金人が、さっきの牛乳店の男と道で会い、私をからかうために仕組んだ冗談でもないだろう。彼らがそんなことを案出するほど、のんびりしたユーモアの持ち主とは思えない。

「どんな箱だったか、そこまでは思い出せないかい」

「出せませんね。それに、少し離れたところにある感じでしたから」

仕組んだ冗談でない証拠に、相手は表情に好奇心を浮かべはじめた。私はまた、いいかげんに話を打ち切った。

気が軽くなるどころか、重くなる資料が集ってしまった。私はひとりでベッドに横になり、彼らの話をくりかえしてみた。新聞の集金人は、四角い箱を少し離れて見た、と言った。だが、牛乳店のほうは、遠くに、という言葉を使ったようだ。

それに、どんな関連があるのだろう。牛乳店のほうが、新聞配達所より、私のところから遠いからでは……。なにげなく思いついたこのことが、たちまち頭のなかを支配しはじめた。この考えを消すには、もうひとり、だれかに聞いてみるほかにない。聞いてみさえすればいいのだ。

外出をしかけたが、聞く相手はだれでもいいことに気がついた。一階におりると、ちょうど買物から帰ってきた、管理人の奥さんが声をかけてきた。奥さんといっても、五十歳ぐらい。つまり、夫婦でこのアパートを所有し、一階の一部屋で気らくに暮しているのである。彼女はひまを持てあましているせいか話好きで、いつもはいささか迷惑なのだが、今回はそれを利用できるだろう。

「お出かけですの……」

というあいさつを受け、私は話題を夢に誘導しようとした。だが、やってみると容易ではない。女性のおしゃべりは、自分の言いたいことだけに熱中するものらしい。いささか持てあましていると、そばの壁に寄りかかって漫画の多い雑誌を読んでいた男の子が口をはさんできた。やはりこのアパートの住人の子供で、小学生だ。

「きのうの夜、ぼく変な夢を見たよ。四角い箱なのさ。すぐそばに置いてあるんだよ。近よってあけようとすればできたんだろうけど、なんだか、ぼくの物でないみたいな気がして、やめちゃった。夢のなかなんだから、あけたってかまわないのに……」

それは私の箱だからだ。もう、ほかに聞くことはない。私は適当に用事を思い出したふりをし、階段をあがり、自分の部屋に戻ってしまった。外出の必要はもはやなかった。また、アパート内の他の人びとをたずね、聞いてまわることもない。第一、そんなことをしてなんになるだろう。忘れかけた夢をたたき起してみても、波紋のようにさわぎが大きくなるだけだ。そして、張本人の私は、幽霊屋敷だとのうわさをふりまいたとうらまれ、追い立てられることになりかねない。

波紋といえば、たしかに、静かな水面に投げられた小石が描き出した波紋に似ていた。だが、さわぎのことではない。夢のことだ。四角な箱の夢が、同心円となって私をとりまいている。空間的にみて、私がその標的となっているようだ。

そして、時間的にみると……今夜なのだ。昨夜までつづいてきた夢が、それを示している。

夜の訪れが、あまりいい気持ちではなかった。標的とされ、秒読みが迫っている状態なのだから。しかも、目的も理由もまったく告げられずに……。

しかし、永遠のなぞではない。おそらく、数時間のうちにわかることだろう。眠りさえすればいいのだ。箱。箱。なかになにが入っているのだろうか。美しい女でも出てくるのだろうか。あるいは、怪物。それとも、不気味なからっぽなのだろうか……。

冷蔵庫のなかのあり合せのもので、夕食を作った。二日酔いの気分は軽くなっていたが、あまり食欲はおこらなかった。だが、空腹だったので、なんとか食べ終った。夕闇《ゆうやみ》がしだいに濃くなってゆく。こんな時には、どうすればいいのだろう。テレビでも眺めるほかに、考えつかなかった。チャンネルを切り換えながら、最後まで見つづけた。だが、深夜の番組も全部終ってしまった。

ねそべったままだったが、睡気《ねむけ》はいっこうに訪れてこない。雑誌を手に、拾い読みをしたが、なにも頭にはいらなかった。

ふと、どこからともなく、細かい物音が襲ってきた。錯覚だろうか。だが、それは少しずつ大きくなってくる。私は身を固くし、あたりを見まわした。それから、苦笑いをしなければならなかった。雨が降りはじめ、屋根や窓をたたく音だとわかったのだ。

頭は冬の高原のようにさえ、吸いつづけたタバコで、のどは乾いた砂漠のようだった。やわらかな眠りが、むやみになつかしくなった。その習慣がないので買ってなかったが、睡眠薬があればいいのに、と思った。それを飲めば、眠ることができるだろう。もっとも、夢を防いでくれるかどうかは……。

夢。一時的だが、夢のことを忘れかけていた。久しぶりに味わう不眠の苦痛のせいだろうか。それとも、人間は同一のことに、長時間、思考を集中することができないとかいう話だが、そのためだったろうか……。

夢についての不安が、急速に高まってきた。いままで押えてきたが、この一連の夢は不吉の前兆だったのではないだろうか。健康な男性が、夜中に不意に苦しみ、死んでしまうとかいう病気があるとか。その人たちは、この一連の夢を見てきて、最後に箱のなかの存在を知り、そのショックでまいってしまったのでは……。

眠ってはいけないのだ。あくまで起きていなければならない。そう決心をしかけたとたん、意地悪く睡気が忍びよってきた。起きあがってコーヒーを飲み、ラジオをつけた。しかし、たいした防御にはならなかった。コーヒーはからだを温め、ラジオの音楽はどの局のも、おだやかすぎた。むしろ消したほうがよかった。

時どき、うとうとしかけ、気がついてはっとする。波が打ち寄せ、戻り、じわじわと潮がみちてくるようだった。みち潮を防ぎ切ることはできず、永久に眠らずにいることも不可能だった。

あけ方ちかいころだったろうか。どっと押し寄せた睡気は、私を一挙に引きずりこんだ。綿の山に落ちるように、沼のなかに沈むように、エレベーターで下るように……。

その瞬間。おそらく瞬間だったのだろう。待ちかまえていたにちがいない。箱があらわれてきた。いとも当然な感じで、鮮明に。

私ははっと身を起した。そして、いま見たものがなんであったかを思いなおした。私にはテープ・レコーダーとしか思えなかった。上部に円形のものが二つ並び、押しボタンのようなものがついているのもはっきりと認めることができた。

怪物や棺といった、恐怖にみちた物でなく、ものものしい予兆だったにもかかわらず、こんなありふれた品だったとは……。あまりにあっけない結末だった。もちろん、平凡すぎるための不安、とでも称すべき気持ちがいくらか残りはした。しかし、いまの場合、そこまで問題にしたらきりがなかった。

ふたたび押しよせてきた睡気に、私はすべてをまかせ、眠りに入った。もはや、なにひとつあらわれなかった。夢のかけらさえも。

雨戸のあいだから、陽の光がさしこんでいた。枕《まくら》もとの時計をのぞくと、すでに次の日の昼ちかくなっていた。熟睡をつづけたらしく、すがすがしい気分だった。

雨戸をあけると、輝きがなだれこんできた。夜の雨はいつのまにかあがり、昨日の重い雲さえ消えていた。陽の光は夜を過去へと押しやり、同時に、異様なもののすべてを幻として薄れさせ、消してくれた。

「おはよう、クルコちゃん。いい天気でしょう」

私は小さな椅子《いす》にかけているクルコに話しかけ、また、返事をさせた。

「そうね。問題の夢はどうだったの。箱のなかからはなにがでてきたの。あまりとしをとってないとこを見ると、玉手箱じゃなかったようね」

「残念ながらね。玉手箱だったら、ほんの少しだけ吸うつもりだったぜ。そうすれば、クルコちゃんにおじさまと呼ばれても、そうおかしくない年配になれた」

「なにいってんのよ。クルコからみれば、いまの年齢でおじさまよ。四十すぎの、いわゆるおじさまは、はたちぐらいの女の子の考えているおじさまよ」

「へんな理屈をこねはじめたな」

私は朗らかになり、自作自演の即興劇をつづけた。

「それで、箱はなんだったのよ」

「テープ・レコーダーさ」

「また、つまらない物ね。長い行列をみつけて、列のあとに並び、やっと順番がまわってきたと思ったら、寄付金を取られちゃった、こんなコントを書いてみたら」

「そうからかうなよ。前から買わなくてはいけないと考えていた品だ」

そうなのだ。このような仕事をしているからには、テープ・レコーダーは買っておくべき品だったのだ。自分の演技を検討し、欠点を調べ、よりよい形にするためにも。だが、つい買いそびれていた。つぎつぎと改良型が発売され、急がないほうがいいと考えたせいもあった。しかし、心のすみでは買う必要を感じつづけていたのだろう。

それが夢になってあらわれたにちがいない。真昼の明るさのなかでは、筋道は常識の線にそって展開していった。

それなら、昨日の集金人たち、このアパートの小学生の夢の話はどうなのだ。しかし、その答も簡単だった。テレビのクイズ番組にでもあるのだろう。なにか品物を入れた箱に鍵《かぎ》をかけ、封印する。次の週にそれをあけ、視聴者から集ったハガキのなかで、正解した人にそれを進呈する、といった……。私は見たことがないが、関係者が知恵をしぼって新手のクイズを案出しようとしている時代だ。

　熱中している視聴者なら、放送のあった夜に、箱の夢ぐらい見るだろう。私は偶然、その人たちに話しかけてしまっただけのことだ。青空へつづいている空気のなかでは、すべてが合理的な解釈に統一される。あのバーの女性たちは夜のつとめなので、その番組を知らず、従って夢にも出現しない……。

　私は散歩に出かけることにした。昨日のように暗い天気の日には、どうも仕事をする気になれないものだが、きょうのように快晴すぎても、あまり仕事をしたくない。口実を作ってなまけたいのではない。つづいた胸のしこりが消えた日なのだから、無理もないだろう。

　少し歩くと商店街がある。そうざい屋、衣料店などが並び、あまり高級な店はない。だが、増田屋という月賦《げっぷ》販売の店は、なかでも大きな店構えだ。私の部屋の冷蔵庫や洗濯機、また、クルコちゃん用の幼児椅子まで、大部分の家具はこの店から買った。

　のぞいてみると、若主人がいた。その増田敬治に声をかけた。

「どうだい、景気は……」

　増田は愛想のいいあいさつとともに、私を招いた。

「まああですよ。……どうです、おひまでしたら、雑談でもなさっていらっしゃいませんか」

「そうしようか。だが、なんの話をしようか。夢物語なんかはどうだい……」

「けっこうですよ」

私はすすめられた椅子にかけてみながら、聞いた。

「ところで、おとといの夜、なんか夢を見なかったかい」

「それは無理ですよ。覚えているものですか。なにかを見たとしても」

「そうだろうな。……ところで、表のショーウインドウにテープ・レコーダーが並べてあるな」

私は吸いかけのタバコを、その方角にむけながら言った。

「ええ。最新型です。しばらく前に仕入れた品です。あれがどうかしましたか」

「買おうかと思うんだが」

「それはそれは。しかし、いつかおすすめした時には、あまり関心がないご様子でしたが……」

増田は商店の若主人だけあって、よく覚えている。

「ああ。だが、気が変ったのだ。夢のお告げでね」

「そうでしたか。すべてがそういってくれると、ありがたいんですが……。メーカーもテレビなんかで宣伝するより、夢のお告げをやって欲しいものですね。夢の悪魔かなんかを買収して……」

私は笑いながらうなずいた。

「あるいは、案外そうなっているのかも知れない。……で、使い方は簡単なのかい」

増田は奥へひっこみ、一台を運んできた。テープを装置し、自分の声を録音し、再生し、それを消して見せた。そう面倒なものではなかった。私も自分でそれを試み、使い方を覚えこんだ。

「なるほど。わかった。しかし、レコーダーならこれでいいが、夢のお告げで自動車を売り込む時には、運転法をいっしょに、頭のなかに入れてくれたほうがいいだろうな」

「お買いになることは、いまおきめにならなくてもかまいませんよ。二、三日お使いになってみて、お気に召さなければ、おやめになっても……」

「いや、いずれにしろ、あったほうが便利なのだ」

若主人は包装をしながら、話題をもどした。

「さっきから、夢のお告げとかおっしゃっていましたが、どうなさったのです」

明るい昼間では、あの病的な夢の話をするのに、あまり乗り気がしなかった。

「ちょっと頭が疲れているらしい。変な夢を見るし、不眠症の気味もある」

不眠症というわけではなかったが、昨夜についてだけならうそではない。増田はなにかを思い出したような口調で言った。

「そうそう、お買いいただいたサービスとして、ある品をさしあげましょう」

「どんな物を……」

「テープですよ。珍しいテープをさしあげます」

私は興味がわき、想像は変なほうにひろがった。

「ははあ。いかがわしいテープとかいう品だな」

しかし、相手はまじめな表情で、手を振った。

「とんでもない。誤解なさっては困ります。外交販売のセールスマンなら、あるいはそんな方法を使うかもしれません。しかし、わたしのように店をかまえて商売をしていては、できませんよ。万一、そんな評判が伝わりでもしたら、信用を落してしまいます。それでなくても、商売がたきの多い業種です」

「それは失礼をした。だが、なんのテープだろう。そのほかに考えつかないが」

私ははしなくも、自分に関して失言をしてしまった。しかし、増田は気がつかなかったらしく、また奥へ戻り、一巻きのテープを持ってきた。

「これですよ。まあ、お聞きになればわかります。夜、おやすみになる前に……」

「いやに気をもたせるじゃないか」

するすると、増田は頭をかきながら、説明してくれた。

「どうも、そう期待をされて、あとでがっかりされてもいけませんな。いま、お話ししてしまいましょう。催眠術のテープですよ」

「催眠術だって……」

と、私は思わず顔を前に出した。

「ええ。じつは、だいぶ前のことですが、この店の金繰りが行きづまり、いらいらして不眠症になったことがありました。その時、知りあいから借りたのです。少しはきいたようですよ。もっとも、まもなく金融の道が開け、不眠症もなおってしまいました。現金なものです、とかいう形容が、まさにぴったりですね」

と、彼は愉快そうに笑った。

「そんなことがあったとは知らなかった」

「不眠症はなおり、テープは返しました。しかし、珍しい録音なので、なんということなく、返すまえに複製を作っておいたのがこれです」

「たしかに、好奇心がわいてくるな。だが、変な結果にはならないだろうな。夢遊病みたいになっても困るし、必要もない品を、この店で買わされるような暗示をかけられてもかなわない」

催眠術という言葉には、だれしも多少の不安を抱いている。私は念を押した。だが、彼は大きくうなずきながら、

「その点は大丈夫ですよ。現にわたしが試みてみたのですし、事件を起したりして、商売にさしつかえるようなことを、するはずはないでしょう」

私は納得した。それからは私はスーパー・マーケットに寄り、食料品などを買った。帰ってみると、管理人の所にレコーダーが配達されてあった。

レコーダーを買った晩には、だれでもこうなのだろうと思うが、私もそれをいじりまわした。

テレビをつけ、そのコマーシャルの録音もしてみた。回転を早めたり、おそくしたりして、奇声に変えて再生をすることもやった。

やがて夜もふけ、私は寝床に横たわり、サービスのテープを聞くことにした。万一のことを考慮し、いつでも消せるよう、リモートスイッチを手に握りながら……。

ヨーロッパの古い子守唄《こもりうた》という感じの、聞いたことがなくても聞き覚えのあるよう

な、なごやかな音楽が流れてきた。ハープシコードとかいう楽器なのだろうか、牧歌的な響きだった。

そのうち、低い男の声が聞こえてきた。信頼感を抱かせるような声だったし、話し方もそうだった。

「さあ、目をお閉じになって下さい。そして、遠い北欧にある、お城のことでも思い浮かべましょう……」

なんだ。これでは、テレビのおやすみ前の番組と大差ないじゃないか。私はなにを言い出すかと緊張していたが、いくらかほぐれた。それに、この提案は悪いことではない。

「……そうです。いろいろ苦労の多い仕事のことを、しばらく忘れ、離れてみたところで、かまわないでしょう……」

なんとかいう雑誌のカラー・グラビアの頁《ページ》で見た、静かな、人影のない、古びた山の城の光景が頭に浮かんだ。音楽は徐々に小さくなっていった。

「そうです。あたりは静けさにみち、聞こえるものは、小鳥のさえずりぐらいです。ひんやりとした、清らかな空気、深く吸いこんでごらんなさい。そして、ゆっくりと吐く。胸のなかのもやもやした感じが、いっしょに出てゆく思いでしょう。さあ、もう一回……」

それに従うと、なんとなく、そんな気になってきた。これが人前、あるいは催眠術者とさしむかいだったら、警戒心が働いて、すなおになれなかったにちがいない。だが、ひとりでいるため、恥ずかしい気はおこらなかった。また、増田に対する信用も、いくらか手伝っていたわけだろう。

「……どこからともなく、霧がわいてきました。やわらかく、しっとりした霧が……。小鳥たちは樹《き》の枝にもどり、さえずりをやめたようです。もう、なんの物音もしません。霧が流れて、近よってきます。あなたを、足のほうから包みはじめました。それにつれて力が抜け、心地よい眠りが訪れてきます。霧はひざのあたりまで来たようです……」

その霧はさらに私を包んだらしい。そのまま私は眠ってしまったらしかった。いや、らしいではなく、本当に眠ってしまったのだ。

気がついたら、朝になっていた。べつに不快感は残っていない。レコーダーを見ると、テープは全部まわり終って、自動的に止っていた。私はこの奇妙な作用をもたらしたテープ、およびレコーダーを、しげしげと眺めつづけた。そして、そのうち、ある点に気がついた。

私の警戒心も、まったくゼロにはなっていなかったらしい。眠ったまま、リモートスイッチを操作していたことを発見した。あるいは、そうではなく、寝がえりをした時にいじり回したのかもしれなかった。だが、ストップにではなく、録音のほうになっていた。使いなれていないせいだろうか。いや、使いなれていても、眠りながらいじり回せば、こうなることもあるだろう。

顔を洗いながら、私はあることを思い出した。催眠術には後催眠《こうさいみん》とかいうのがあるそうだ。術をかけているうちに、ある暗示を与え、目がさめてから、その行為をおこなわせるという現象だそうだ。

まさか、この顔を洗っている行為が後催眠ではないだろうな。それから、タバコに火をつけかけ、ひょっとしたら、これが……。

気にしはじめると、きりがなかった。それをおさめるには、テープの声をもう一回、今度は最後まで聞きなおしてみる必要があった。そして、それを試みた。

レコーダーは昨夜と同じく、音楽、ささやく声を出しはじめた。しかし、朝の光のなかでは、古城も霧も、ちょっと異質な感じだった。私は念のため、時どきテープを止め、また動かした。だが、その必要はなかった。少しも眠くなることなく、聞きつづけることができた。

「……あなたは眠るのです。眠りのなかでは、いやなことはすべて忘れ、自由になれます。いやな障害は、すべて消え、自由になれるのです……」

声はそれで終りだった。中途半端《はんぱ》な気がしないでもなかったが、もしかしたら、ある特定の人への催眠の録音であるため、これからさきはさしさわりがあるので、中止したのかもしれなかった。

テープは音を発することなく回りつづけた。心配していた後催眠の暗示を、ささやきかけてくる声も出てこなかった。だが、そのうち、聞きなれたかすかな音がした。少し離れた所を通る私鉄の音。私が眠りながらスイッチをいじり、録音してしまった部分になったらしい。なぜということなく、おかしさがこみあげてきた。

しかし、その微笑をずっとつづけるわけにいかなかった。映写機の故障した映画のように、私の表情は一瞬、なにもかも停止した。テープが終りに近づくにつれ、聞きなれない物音がしてきたのだった。聞きなれないというより、えたいのしれない物音と呼んだほうがいい。吸いかけのタバコは、いつのまにか私の指から落ち、床にころがっていた。

## 2

たしかに、えたいのしれない物音だった。私は反射的にあたりを見まわした。はじめ耳にした時には、まさかそれがレコーダーからの物音とは思わなかったのだ。しかし、もちろん部屋にはだれもいなかったし、窓のそとで異変がはじまりかけてもいなかった。そしてその音は二度とおこらず、アパートの訪問客があげた奇声でもなさそうだった。

床で煙をあげているタバコを拾いあげ、灰皿へ移しながら、私はレコーダーを眺めた。機械の故障かと考えたからだったが、その可能性はすぐに捨てた。なぜなら新品なのだし、それに機械的な音でなく生物的な音だったのだ。

かくして最後に、テープから出た音だったのかもしれないと判断した。それをたしかめるため、私はテープを戻し、もう一回聞きなおしてみることにした。

テープは流れるように、なめらかに回り、やがて問題の音をしぼり出した。しぼり出すような、にじみ出るような音。うめくような声とでも形容するほかなかった。いままでに聞いたことのない音だったが、そのくせ、なにか親しげな調子も含んでいた。

といって、快感を覚えさせるものでないことは、いうまでもない。だれだって見知らぬ人から突然、なれなれしく声をかけられたら、かえって不安の動悸《どうき》が高まるにきまっている。

　私はスピードを変え、何回も聞きなおした。しかし、正体をつかむ手がかりは得られなかった。するとあるいは夜中に侵入者があり、その物音が録音されたのだろうか。私は小さな椅子《いす》にかけさせてあるクルコに聞いた。

「きのうの夜、眠っているあいだに、だれか入ってきたのかい」

　クルコは答えなかった。私が知らないのだから、腹話術の人形である彼女に答えられるはずがない。

「なにかがあったはずだ。クルコちゃんは知ってるでしょう。この通り録音されている」

　と、私はもう一回言い、こんどはクルコに答えさせた。

「来たわよ。ドアのすきまから、そっと忍んできたわ」

「どんなやつだった……」

「わかんないわ」

「そばにいたんだから、わかんないはずはないよ」

「だって、まっくらななかでは見えるはずがないじゃないの」

もしクルコが人間なみの知覚を持っていても、闇《やみ》のなかではどうしようもなかったろう。

いろいろ考えたあげく、私はそのなかでも最も合理的な理由をつまみあげた。あの音は、まえから録音してあったものなのだろう。増田の声かもしれない。彼の趣味についてくわしくは知らないが、商店の若旦那《わかだんな》ともなれば、義太夫《ぎだゆう》などに熱中することもあるだろう。そして、それを消し忘れたのかも……。

私はテープを外し、なにげなく陽にすかしてみた。だが、われながら照れくさくなり、クルコの声でつぶやいた。

「なにをやってるのよ。そんなことで手がかりがつかめるはずはないわ。映画のフィルムとちがうのよ」

昨夜録音されたネコの声、あるいは屋根で眠っていた鳥が、ネコに襲われてあげた悲鳴と想像することもできた。しかし、親しげな感じのある点から、増田の義太夫と考えたほうがいいように思えた。ネコや鳥の悲鳴といっしょにしたら、彼もいやな顔をするだろうが。

たしかめるために増田屋へ出かけてみようとも思ったが、それはやめた。あとで買物のついでにでも寄ればいい。私は机にむかい原稿を書くことにした。まえから、子供むけテレビ番組の台本を書いてみないか、とすすめられていたのを思い出したのだ。この現象を種にしたらどうだろうか。つまり、止め忘れたレコーダー、または消し忘れたテープによって、犯人がつかまる結末というのは……。その日は一日、私はこの仕事ととりくんだ。だが、あまりすっきりした形にはまとまらなかった。

その夜、眠るまえに思いついて、テープを録音にまわしておいた。眠ったあと、まわりでどんな音がするかを知りたくもあったのだ。レコーダーの買いたてのころは、いろいろ試みてみたくなるものだ。そしてまた、例の音が録音されないとも限らない。もちろん、期待はしなかったが……。

期待はしなかったが、朝になって再生してみると、例の音、うめくような声が聞こえてきた。私は首をかしげた。こうなると、増田屋の義太夫ではない。やはり、ネコか鳥の鳴き声だったのだろうか。そのとたん、子供のころのいやな記憶がもどってきた。夜、寝床のそばにはってきたクモを殺したのだ。そして次の夜、やはりおなじ時刻に、またクモがはいよってきた。それだけのこと。しかし、起りうることともいえるが、考えてみると、容易に起るわけがないともいえる。私は飛びあがり、それ以来クモがきらいになってしまった。

いまの場合も、それに似ていた。ネコや鳥が夜中に鳴くことはあるだろう。だが二晩つづけて、眠りについてから二十分という、同じような時刻に鳴くことがあるだろうか。私はこの仮定を追い払い、もっと合理的な説明をつけようとした。となると、人為的なものしかない。だれかのいたずらなのだ。だれの、なんのためのいたずらかはわからないが……。

その時、私の考えが妙なほうに展開していった。きのう書きかけ、うまくまとまらず気になっていた台本のことだ。それがぴたりと整ってしまった。舞台は美術館、いや、デパートのほうがいい。忍び込んできた泥棒、それに話しかける、ものかげのレコーダー。泥棒はマネキン人形の声とばかり思い、恐怖でにげまわり、階段からころげ落ちて気絶……。きのうの不満な個所が良くなったようだ。これなら採用になるかもしれない。

私は思いつきが新鮮なうちにと、原稿用紙にむかい、夕方ちかくにいちおう完成した。

それから、買物のついでに増田屋に寄った。若主人はあいそよく話しかけてきた。

「いかがですか、レコーダーの調子は」

「悪くない。ところで、ひとつたのみがあるのだが」

「なんでしょう」

「二、三日でいいんだが、レコーダーをもう一台、貸してもらえないかな」

「かまいませんがなんにお使いになるんです」

「いや。ちょっと、いたずらをしてみようと思ってね」

原稿を書いているうちに、本当にやったら面白いだろうと考えたのだ。だれかのいたずらを、反対にからかうことができたらと。しかし、この計画を彼にくわしく説明するのも面倒だった。それに、笑われてしまうかもしれない。第一、いたずらかどうかも、まだはっきりしていないのだから。

だが、彼のほうもちょうど来客があり、それ以上は質問しようとせず、自分のを持ってきて渡してくれた。

その晩はけっこう楽しかった。成功するかどうかは、もちろんわからない。だが、物事の楽しみはその成否にあるのでなく、むしろ経過のほうにある。なにかで読んだ記事だが、アメリカのある喜劇役者が独裁国を旅行し、ホテルに泊った。彼は盗聴装置がしかけてあると想像し、でたらめをしゃべりつづけたそうだ。その効果を知ることはできないが、しゃべっている間は、さぞいい気分だったにちがいない。

私もいくらかその楽しみを味わえた。催眠のテープのあとのほう、例の物音を消し、そのかわりに詰問《きつもん》の文句を吹きこんだのだ。

「おい、変な声をたてるなよ……。かくれていてもだめだぜ……。ちゃんと知っているのだから……」

考えれば子供っぽい行為だが、私はいろいろな言葉を口にした。

「でてきたらどうだ……。いったい、おまえはだれだ……」

知っていて、だれだという質問をするのは矛盾だったが、そんなことはどうでもよかった。例の声がいたずらだったら、相手はさぞあわてるだろうと考えることが面白いのだ。そして、眠るまえに再生に装置し、増田から借りたレコーダーを録音のほうにまわした。どんな結果になるだろう……。

音楽、北欧の城、霧。催眠の声は私を眠りへの道に導いた。しかし、それは悪夢につづいていた。

はっきりとは覚えていないが、霧に包まれたような夢だった。だが、その霧は力を持っていた。しかも、強い力。やわらかく、たえまなく増す力で私はしめつけられた。からだじゅうをしめつけられる苦痛を感じた。

それればかりでなく、霧のむこうから尋問されているようにも思えた。しめつける力と尋問。一種の拷問《ごうもん》だった。相手がわからず、なにを答えたら許されるのか、見当もつかなかった。なんで、こんな目にあうのだろう。だが、疑問より苦痛のほうが強烈だった。……苦しい。私はもがきつづけ、やっと目をさますことができた。

いうまでもなく、汗をびっしょりかいていた。枕《まくら》もとのスタンドをつけ、時計をのぞいた。まだ真夜中。レコーダーを見ると、テープはすでにとまっていた。

汗をふき終ったが、目がさえて眠れそうになかった。また、テープへの好奇心を、あすの朝まで待たせることもできなかった。そこで、録音を聞いてみることにした。

巻きもどし、ボタンを押すと、テープは静かに流れはじめ、しばらくすると例のうめき声が聞こえてきた。それにつづき、もちろんそう正確に一致していたわけでもなかったが、やがて私の声が聞こえてきた。

「おい、変な声をたてるなよ……」

すると、また問題のうめき声がおこった。今度は一回でなく、応答するかのような調子をともなっていた。このうめき声の主はだれなのだろうか。あわてはじめるにちがいない。私は期待し、耳に注意を集中した。

「かくれていてもだめだぜ……」

またもうめき声。その声は私の問いかけのたびに起り、なにか形をとりはじめているようにも思えた。眠っていたものが、目ざめつつあるような……。

「おまえはだれだ……」

この私の最後の質問になると、文句を聞きわけることができた。

「おれはおれだ」

と。明瞭《めいりょう》ではなく、そうでないのかもしれなかったが、私にはそう聞こえた。おれはおれだ、か。少しも答の意味をなしていない答だ。しかし、それにしてもこの声はどこから……。

部屋を調べたが、ドアの鍵《かぎ》、窓の錠はかかっていたし、不審はなかった。私はレコーダーを止め、あらためて質問しなおした。

「おまえはどこにいるのだ」

だが、この声は静かな夜のなかに散り、うめくような声どころか、こだますらかえってこなかった。さっきは、だれが答えたのだろう。夜の闇が結晶して声となり、私に答えたのだろうか。

私はタバコを吸いながら「おれはおれだ、か」とつぶやいているうちに、雷雲と避雷針を結ぶ稲光りのように、唯一《ゆいいつ》の結論に到着した。本来なら、もっと早く気がつくべきことだった。

おれはおれなのだ。すなわち、私自身。私の寝言だったのだ。なぜ今まで、この盲点を除外して考えていたのだろう。自分自身に寝言、歯ぎしり、いびきなどの癖がなく、また他人のそれも、あまり聞いたことがなかったせいかもしれなかった。声に親しげな感情があったのも無理もない、自分の声だったのだから。

なぞはとけ、合理的な説明が得られたにもかかわらず、あまり晴ればれした気分になれなかった。むしろ逆に、伝染病の発生地帯を気がつかずに通りすぎてしまったような、にがい気分だった。

ある言い伝えを思い出したのだ。寝言の相手をしゃべりつづけさせると、ついには死んでしまうとかいう。伝説なのか、裏付けのある学説なのかはよく知らない。だが、あまりいい結果にならないらしいことは想像できた。しかも、それを自分自身に対してやってしまったとは……。

もう少しつづけていたら、あるいは危険な状態におちいったかもしれない。その危険がどんなものか、見当はつかないが。

クルコちゃんに目をやると、部屋のすみで薄く笑っているように見えた。照明のかげんなのだろう。だが、笑うべきことなのか、笑いごとでないのか、いずれにせよここ数日に私のやったことは、いささか子供じみていた。もう、こんな試みは一切やめることにしよう。私は不快さの掃除をするようなつもりで、いまの録音を全部消した。

それからウイスキーを飲み、軌道をはずれかけた眠りを、招きもどすことに努力した。

　次の日は早く起きた。起きなければならなかったのだ。毎週出ている幼児番組のある日だった。私はクルコをバッグに入れてテレビ局に行き、放送をすませた。また、昨日書きあげた台本を渡し、ひまな時に見て欲しいと依頼した。その担当の係は承知してくれたが、題名の『巻きつかれた男』は漠然としているようだと文句を言った。私はその点は適当にと、相手に一任した。

　いったん帰宅し、私は借りたレコーダーを持って増田屋に出かけた。

「きのうはどうも……」

と返却すると、増田は受け取りながら言った。

「もうおすみですか。もっとも、なんにお使いになったのか存じませんが」

「ああ……」

　私はしばらくためらってから、昨夜のことを話した。テープを使って眠っている自分に呼びかけ、変な悪夢を見たことを簡単に告げた。彼は首を振りながら、

「あんまり奇妙なことは、なさらないほうが無難ですよ。夢魔をつっついて呼び出したりすると、ろくなことにならないそうですから」

「なんだい、そのムマとかいうのは。聞いたことがないが、どこの言葉だ」

「夢の悪魔、すなわち夢魔ですよ。みだらな夢や悪夢をもたらしたり、眠っているところを上から押えて、人を苦しめる存在です。これには二種類あって、女性にとりつく男性の夢魔インクブス、男性にとりつく女性の夢魔スクブス。古いバビロニア語だそうです」

「よく知っているな」

「この夢魔がヨーロッパに移り、中世の暗黒時代にはいろいろな問題をおこしたそうです……」

増田は学のあるところを示した。

「そんなに物知りとは思わなかった」

私は正直に感心した。彼がネコや鳥の悲鳴に似た義太夫でもやるのかと考えていたのだから。

「興味を持って、ちょっと本を読んだことがあるだけですよ。あまりに現実的な日常では、気晴らしのために、たまには変った本を読みたくなるものです。しかし、こんなうわさをひろめないように願いますよ」

「なぜだい。趣味として悪いことではないと思うがな」

「銀行の人の耳にでも入ったら、金融を引締められるかもしれません」

商店の経営者ともなると、意外な点に気を使うものらしい。

「なるほど、むかしの王さまは錬金術師に資金を出したそうだが、いまは逆になったというわけだな」

と私はうなずき、思わず笑った。増田もそれにつられて苦笑いした。

「月賦《げっぷ》で家具を販売している商店主が、夢魔の本を読んでは、やはりそぐわないものでしょうね」

「しかし、その夢魔とやらも、この科学の時代では動きがとれないだろうな」

「そうとは断言できないでしょう。未来から見れば、現在だって暗黒時代というわけですよ。アラビアン・ナイトにある、鉛の壺《つぼ》に押しこめられていた力の強い魔神を、漁師がだまして利用した話。これを原子力の予見だという人もいます。夢魔だってそのうち新解釈のもとに、どんな形でカムバックしてこないとも限らないでしょう」

増田にとって、このような話題の話し相手が少ないのだろう。私にむかって、うれしそうに理屈をこねはじめた。

「しかし、信じているのかい、夢魔の存在を」

「あったら面白い、と思っているだけですよ」増田は鳴り出した店の電話に手を伸ばしながら「現物を拝見しないうちは、商談の進めようがありませんからね」

「では、失礼」

私はあいさつをし、店を出た。彼もべつに、特に夢魔に熱中しているわけでもなさそうだった。


それから数日、私の生活は普通にすぎていった。幼児むけの台本を書き、時どきクルコを持ってテレビ局にでかけ、それに従って出演する。そのあいまには、引きうけた脚色の仕事をする。ここ数年間つづけてきた日常だった。

といって、完全に平穏無事ということもできなかった。ある日の午後、原稿用紙に万年筆を走らせることに疲れ、机にむかってうとうとしていた時のことだ。半覚半睡の状態とでもいうのだろうか。私はふと、そばに人のけはいを感じた。

「どなたです」

聞いてみると、答があった。

「おれはおれだ」

だが、この会話は気のせいだった。顔をあげて見まわしたが、だれもいない。ものうい午後の陽をうけ、椅子《いす》にかけているクルコしか……。ドアをあけてみたが、来客ではなかった。夢を見てしまったらしい。あまりいい気持ちではなかった。

「このあいだの夜、自分の寝言に呼びかけてしまった不快さが、心のどこかにひっかかっていたためだろう」

こうつぶやきながら、私は机をはなれて思いきり濃いコーヒーを作って飲み、それを追い払おうと試みた。しかし、睡気《ねむけ》はさめたものの、そばにだれかがいるような感じは、なぜか消えなかった。

いくらかノイローゼぎみのようだ。それとも、だれかに監視されているような気分は、現代人にとって共通の現象なのだろうか。新聞にもそんな記事があったようだ。しかし、不意にそんな気分に襲われるとは……。テレビカメラの前に何度も立っている私は、人に見つめられることについては、慣れているつもりだった。しかし、それとこれとは、どこかが少しちがっていた。

コーヒーのせいでもないだろうが、その夜はつまらないことに神経がいらだちなかなか眠りにつけなかった。それは夢遊病のことを考えはじめたためだった。テープを使って眠っている自分に「おきろ」とか「出てこい」とか呼びかけてしまった。途中でやめはしたが、影響は残らないものだろうか。眠りのなかの自分が、それによって動きはじめたとしたら……。

夢遊病については、時たま雑誌の外国漫画で見た程度の知識しか持っていない。ネグリジェ姿の若い女が、両手を前に伸ばしながら街をふらつく絵がよくあった。しかし、漫画や他人のことなら笑いの種だが、自分に起った場合のことを想像すると、落ち着いていられない。

ふらふらと立ちあがり、窓をあけて歩き出すのではないだろうか。ここは二階なのだ。あるいはタバコを吸いかけて、マッチを消さずに投げ出してしまうのでは……。

自分でも異常だとわかっていたが、この想像は、頭のなかで勝手に動きまわった。正しい知識の持ちあわせがないと、それを引きとめることができない。夢遊病を防ぐには、どうしたらいいのだろうか。足をしばってみたらどうだろう。いや、そうやってみても、自分でほどいて歩き出すものかもしれない。そして、眠りにもどる前に、もと通りにしばりなおすかもしれない。こうなると、防ぎようがない。いや、防ぎようがないどころか、もうはじまっていて、気がつかないでいるのでは……。

妄想は限りなく広がっていた。例の催眠テープはそばにあるが、いまは使う気になれなかった。なぜ、こんないわれのない不安に……。しばらく気晴しをしなかったせいだろう。あすの晩あたり、久しぶりで〈ラルム〉へ出かけていって飲むとするか。

私は夢遊病以外のことを考えようと努めた。

何日ぶりかで〈ラルム〉に寄ってみると、思いがけない吉報が待っていた。マダムの奈加子は私の顔を見るなり言った。

「いいお話よ。おごっていただかなくては」

「おごるのはいいが、なんのことだい。このところ、なんとなく不調でゆううつつづきなんだが」

「幸運はそんな時に訪れてくるものよ……」

奈加子は説明してくれた。クルコちゃんの毒舌のことを、店のお客相手に話題にした。すると、その広告代理店につとめる人は興味を持ち、番組に使ってみたいから一度見たい、と関心を示したそうだ。

私はマダムからその人の名刺を受け取り、ポケットに入れながら言った。

「本当にありがとう。まず、乾杯でもしよう」

たしかに乾杯ものだった。望んでいた機会がやっと訪れてきたのだから。マダムにつづいて、麻佐子もお祝いを言ってくれた。

「よかったわね……。このあいだは箱の夢のお話をなさってたけど、どうなったの。あ、あれは作り話だったわね」

「いや、本物さ。なかから幸運の妖精《ようせい》がでてきた。それにとりつかれたらしい」

私の笑いはとまらなかった。そばにだれかがいるけはいも、幸運の妖精と考えればいいわけだ。世の中は楽観的でいたほうがいい。そうすれば、ノイローゼのほうが逃げてゆく。現にそうなりつつあるではないか。私はすべてを忘れ、さわぎながら酒を口にしつづけた。


そして、次の日。私は電話で連絡をとり、広告代理店を訪れた。その代理店は都心のビルにあり、小さなスタジオのなかで、私とクルコは熱演した。台本を練る時間はなかったが、まえから心がけていたためか、自分でも想像以上にできたように思えた。適切な即興の文句が、予期しないのにわき出る感じだった。

テストは成功だった。代理店の人、広告主は満足し、演芸番組のなかで十分間ほどだが、私の出演をテレビ局に推薦してくれた。

数日後の夕方、本番をむかえた。本番といってもビデオテープへの録画だが、緊張することに変りはない。慣れたといっても「一分前」の声には硬くなるものだし、それに、私にとっては新分野で売り出せるかどうかの、重大な場合なのだ。

照明が強くなり、カメラは動きはじめ、番組は進行していった。その時、思いがけない、まったく思いもよらなかった失敗が私に襲いかかってきた。もっとも、出だしは順調だった。台本を作り、練習を重ねてあったのだから、それは当然のことだった。クルコは鋭い毒舌をふるって、私をからかった。それが途中から、おかしくなってきたのだ。

からかいの対象を、勝手にひろげはじめたのだ。「おじさま、けちなのねえ」とか「おじさま、いやらしいのねえ」と言うべきところを、「人間て、けちなのねえ」とか「人間て、いやらしいのねえ」としゃべりはじめた。そう。彼女がしゃべり出したのだ。もちろん、クルコの責任ではなく、私の責任だ。しかし、それが押えようもなく、私の口から出てしまったのだ。暑い日の汗のように、食事を見た時の唾液《だえき》のように、悲しい時の涙のように……。

私をからかうから面白いのに、それが視聴者に及んだら問題となる。ディレクターもはじめのうちは、社会風刺と思っていたらしい。だが「最低の価値だわ」とか「気ちがいだわ」とか「死ななければだめね」となってくると、やっと異常に気がついて、ストップを命じた。

こんな場合の気持ちは、こんな場合に立ったことのある者でないと理解できないだろう。関係者のすべてを、混乱に巻きこんでしまったのだ。その責任が全部私に集中している。

しかし、いつまでも呆然《ぼうぜん》としているわけにもいかなかった。そばへかけよってきたディレクターが言った。

「取りなおしだ。どうしたんだい、おかしいじゃないか」

理由を知りたいのは私も同じことだったが、そうは答えられない。

「すみません。今度は大丈夫です……」

私は大丈夫であることを示そうとし、クルコにしゃべらそうとした。しかし、やはりだめだった。「おじさま」が「人間」になってしまう。泣きたいような気持ちだったが、そんな余裕はない。私は意味のない言いわけを口にした。

「どうも気分が悪くて……」

「冗談じゃないよ。気分なんか、どうこう言っている場合ではない。なんとしてでもビデオにとらないと、あすの放送に穴があいてしまう」

ディレクターは青くなっていた。番組が予定通り出来あがらないと、すぐに広告主から抗議が出て、費用の支払いを値切られる。その程度ならまだいいが、いまとなっては他の出演者を求めることもできない。文字通り穴があきかねないのだ。彼の責任問題ともなってしまう。

「だけど、どうも声の調子が……」

私はぼそぼそ言った。まさか、頭がおかしくなったとは言えない。私はすがりつくような口調で提案した。

「……だれか、声のほうをやってくれる人があれば……」

「こうなったら、ほかに方法がない」

と、ディレクターはうなずき、事態の収拾のために血相を変えた。彼はスタジオを飛び出し、一人の女性を連れてきた。外国テレビ映画の吹き替えのリハーサル中を引っぱり出してきたらしい。小柄な活発そうな女性だったが、名前を聞いているどころではなかった。

台本を渡し、手早く要領を教え、ひと通り対話をやってみた。彼女はなんとかのみこんでくれた。少しぐらいのずれは、このさい問題ではない。番組をまとめることが第一なのだ。

セットのかげに彼女をかくし、ビデオへの録画は再開された。さいわいなことに、彼女はクルコの声を知っていて、器用にまねをしてくれた。人間の吹き替えで腹話術をやるのは、私にとってはじめてであり、やりにくいことはいうまでもなかった。しかし、なんとか終ることができた。

その場はおさまったものの、ほっとした気持ちにはなれなかった。私は立ちあがる力を失っていた。せっかく機会をつかんだのに、またもとに戻らなければならない。それどころか、前途への希望が押しつぶされてしまった。もはや二度と口がかかってこないだろう。

相手をしてくれた女性は名刺を出し、私はそれを見て谷恵子という名であると知った。恵子は簡単なぐさめの言葉を私に残し、急ぎ足で自分の仕事に戻っていった。本来なら私がさっそくお礼をのべるべきなのだが、いまはなにも言う気力がなかった。いずれ折を見て、あらためてあいさつをすればいいだろう。

スタジオを出てから、関係者たちとどう話しあったのかも覚えていない。自分を取り戻したのは、足どりも重く自分の部屋に帰りついた時だった。途中でやけ酒も飲まなかった。軽い不満ならば、やけ酒でまぎれるだろう。だが極度の絶望の場合には、そんな気になれるものではない。死刑や不治の宣告ほどの絶望ではないにしろ……。ポケットをさぐると、睡眠薬のびんが出てきた。今夜の不眠を予想し、どこかの店で買ってしまったらしかった。

私は椅子の上にクルコを置き、やつ当りをした。いや、やつ当りではない。ほかに文句をぶつける相手がないではないか。

「どうしたんだ、きょうの失敗は。いつものクルコちゃんと、ちがってたじゃないか。これで、なにもかも終りだ。いまさらあやまっても、もうどうにもならないが……」

スタジオであんな事態になった原因は、考えつかなかった。やはり、緊張しすぎていたせいだろう。しかし、すべては終ったのだし、興奮をつづけても意味がない。私は反省し、冷静になろうとした。そしてクルコにそう言わせ、自分をなぐさめようとした。すると、彼女が答えた。

「あたしはあたしよ」

信じられない現象に、私は耳を疑った。だが、問題は耳ではない。私の口が勝手に、クルコの言葉をしゃべっているのだ。それにしても気になるのは、いまの文句。

「あたしはあたし、だって……」

「そうよ。あたしはあたし、あなたはあなたたなのよ」

「なんでこんなことになったのだろう」

私はつぶやいただけだったが、クルコははっきり言った。

「なにいってんのよ。自分であたしの目をさまさせたくせに。箱のふたを自分であけておきながら、だれがやったと怒っているようなものね」

「さては、なにかが乗りうつったのか」

見た感じでは、人形が魂を得たとしか思えなかった。

「そんなようなとこね」

「なにが乗りうつったんだ、夢魔か」

「そんなようなとこね」

クルコがにやりと笑ったような気がした。たしかに、なにかがおこったようだ。現象の異常か精神の異常かが。人形のクルコが口をききはじめたのなら、現象の異常といえる。だが、実際にしゃべっているのは私なのだ。精神の異常……。それだけは認めたくなかった。だれだって、狂気への道をたどっていることを認めたくはないだろう。しかし、それ以外に合理的な解釈は求められないようだ。精神の異常におちいりながら、合理的な判断もないだろうが……。

無意識のうちに、私は睡眠薬を口に入れ、ウイスキーで飲み下した。それでも睡気《ねむけ》はなかなかわいてこなかった。だが、はじめて飲む睡眠薬はやがてきき目を示してくれた。

目がさめてみると、昼ちかくになっていた。永遠に眠ったままということもなく、眠っているあいだに人形になってしまうこともなかった。また、首をかしげてみたが、夢を見た記憶もなかった。薬が体内に残っているせいか、頭は古い沼のようにぼんやりしている。だが、その底にはきのうの事件が腰をすえていた。錯覚とか夢とかでは片づけられない鮮やかさで……。

私はまた、なんとかなっとくできる説明をつける試みを再開した。しかし、あてはまりそうな理屈は見いだせなかった。やはり、夢魔とやらのしわざだったのだろうか。増田なら夢魔を封じこめ、もとの日常をとりもどす方法を知っていないだろうか。

部屋に閉じこもっていると、気が滅入《めい》るばかりだった。散歩がてら、彼に会いに行こうと思いついた。

アパートの出口で、管理人の奥さんにあった。彼女は私を見て、目を丸くしている。私は一瞬、自分が夢魔にでもなってしまったのかと疑った。だが、恐る恐る聞いてみた。

「どうなさったのです」

「いま、テレビで拝見したばかりですよ。だから、お留守とばかり……」

「あ、あれはビデオテープですよ。きのう録画したのです」

私はほっとして答えた。もっとも、自分ではぶざまな失敗を直視する気になれず、それを見てはいなかったが、彼女は笑いながら、

「そうでしたの。そうとは知らなかったものですから……。でも、とても面白く拝見しましたわ。お人形の声もよかったし、お人形にからかわれて、しどろもどろになる感じが、真に迫っていましたわ。これから売れっ子になるんでしょうね」

「たいしたことはありませんよ」

と、私は苦笑いした。彼女は本気でほめてくれたらしかった。しどろもどろは演技でなく、事実だったのに。だが売れっ子になるどころか、これで終りなのだ。彼女はふしぎそうに聞いてきた。

「だけど、なんとなく浮かぬ顔ね」

「ええ」

「どうなさったの。世の終りが近いといったお顔よ」

「ええ、自分でもそんな気分ですよ。自分が自分自身でなくなりかけているんではないかといった……」

と、私は簡単に応じた。くわしく説明しても、どうせ通じはしない。相手が理屈屋だったら今の言葉を、組織と個性の不調和による悩み、とでも受け取ったかもしれない。しかし、管理人の奥さん、この五十がらみの女性は、べつなぐあいに理解した様子だった。

「なにかに憑《つ》かれたのではないかしら」

「ええ、そうですよ。まさにそんな感じです」

「それならば、心配することはないわ。すぐになおせますわ」

「そんな方法があるのですか。ぜひ、お願いします」

「じゃあ、これからご案内しますわ。ごつごうはどう……」

「それはかまいませんが……」

私は冗談かと思っていたが、彼女はこれまた本気らしかった。さらに会話を重ね、聞きただしてみると、祈祷《きとう》かなにかで憑きものを落してくれる人を知っている、という意味とわかった。だが、お願いしますと言ってしまった手前、断わりにくい立場になってしまった。そのうえ相手は、心から信じ善意ですすめてくれている、ふとった中年の女性なのだから。

また、普通なら私も、そんな呪術《じゅじゅつ》めいたことに心を動かされはしない。しかし、いまは普通の状態ではなかった。さらに、なんらかの効果がもたらされることを期待さえした。もっとも、私は最悪の場合の不安だけは念を押した。

「大丈夫なんでしょうね。もののけとやらを追い払ってもらうのはいいんですが、そのためにしばりあげられ、煙でいぶされ、ひっぱたかれ、焼きごてを押しつけられてはね……。それぐらいなら、憑かれたままのほうがまだいい」

「大丈夫ですよ。そんな非科学的なものとはちがいます……」

説明によると、人の形に抜いた紙片に、祈りによって憑きものを移し、それを焼くという方法らしい。彼女は声をひそめ、重大な告白を追加した。じつは自分も憑いているネコを祓《はら》ってもらい、それ以来、犬がこわくなくなった、と。論理と実例との一致の上に、科学的と主張されては反対もしにくい。私は外出用の服に着かえることにした。

すぐ近くかと思ったら、タクシーで三十分もかかる場所だった。

円光霊道の本部というものものしい名前に反して、一般の住宅のような建物で、なかに入っても特に妖気《ようき》がただよっていなかった。正面に大きな神棚、その前に六十ちかい男の、あまり神秘的でない〈先生〉がすわっている。だが、信者らしい一人が彼になにごとかを真剣に訴え、その指示を受けていた。あと二人ほどが少し離れて、順を待って控えていた。

やがて私たちの番がまわってきた。〈先生〉はもっともらしく神棚に祈ってから、私たちにむかって言った。

「どうなさいました」

医者のような口調だった。管理人の奥さんはあいさつのあと、私を紹介した。

「なにかに憑かれたそうですの。お祓いをお願いします」

それから彼女は別室にさがり、私は先生と二人だけになった。黙ったままでいるわけにいかず、私は話した。きのう突然なにものかに憑かれ、弱っていることを。そして、

「いったい、なにが憑いたのでしょう」

と、身を乗り出した。知りうるものなら知りたかった。動物だろうか。まさかバクが憑いたのではないだろう。バクが夢を外に追い出したのなら、笑い話になってしまう。ハチュウ類だろうか、それとも虫。だれかの霊魂、人形、得体のしれない夢魔そのもの……。

あらゆる可能性を頭のなかで並べてみた。先生は私に対し精神を集中し、あるいはそう装《よそお》ったのかもしれなかったが、やがて言った。

「あなたはあなた……」

私は思わず腰を浮かせた。

「そ、その言葉はどこで……」

「どうなさいました」

相手もまた変な顔をした。だが、そんなことに遠慮してはいられない。私はべつな聞き方をした。

「憑いているものを、祓っていただければいいのです。お願いしますよ」

「それがどうも、あなたの場合はだめです」

「だめとは……。なにが憑いているのですか」

「じつは、人の霊です」

「どんな人です。縁の切れない祖先の霊でしょうか……」

「そんなたぐいでしたら、お祓いできるのですが……」

「早くおっしゃって下さい。決して驚きませんから」

「さっきお話ししかけたんですが、それが、あなた自身の霊なのですよ。これはお祓いするわけにまいりません」

相手はこう言い終り、軽く笑った。

驚かないつもりだったが、私は少し驚いた。キー・ホールダーにはあらゆる形態のがあるが、ただ一つだけない形がある。鍵《かぎ》の形のものだ。その品をデパートで発見でもした時の意外さに似た驚きだった。

本当なのだろうか。そんなことがありうるのだろうか。私は考え、また、相手が今もらした笑いが気になった。あるいは、私が扱いやすい客でないと見抜き、ていさいのいい断わり文句ではなかったのか、とも思った。

こう考えると、あたりが不意にそらぞらしく見えてきた。ここには、はじめから妖気など存在しないのだ。あるものは健全な常識だけなのだ。そうでなかったら、このような営業が長つづきしないだろう。せちがらい世の中。人びとは生活に迷い、相談相手を求めている。だが友人にしろ親類にしろ、いくらかでも利害関係があると、なかなか公平無私な指示を与えてもらえない。そのような人たちの需要をみたすもの、また、秘密を厳守してくれる愚痴のこぼし相手。それがここの〈先生〉なのだ。

憑いたの、お祓いだのなどというのは、ほんの話のきっかけ。問題は人生相談なのだろう。そのような場所に、自分からなにかに憑かれたと主張し、それだけを訴える人物があらわれたら、歓迎されるはずがない。〈先生〉は私から妖気を感じたのだろう。

私は相手の顔を盗み見た。だが、人生の表裏を見聞しつくしたような、六十近い男の顔には、常識的な表情しかないようだった。

いくらかの紙幣を三宝の上に置き、私は管理人の奥さんをうながし、その家を出た。彼女は待ちかねたように、私にささやいた。

「どうでした……」

「おかげさまで、さっぱりしたようです」

親切心に水をかけることもできない。

「よかったわね。それで、なにが憑いていましたの」

正直に答えることもできず、彼女の告白を聞いているからには、黙ってもいられない。私はタクシーを呼びとめ、それに乗ってから、ごまかした報告を口にした。

「クモでしたよ、虫の」

「いやな虫だったわね。だけど、もう大丈夫。これからは運が開けるわよ」

「でしょうね。いままでは、クモの糸に巻きつかれていたそうです……」

私は無理に元気さを装って話しながら、このあいだ書いた台本の題のことを思った。あの犯人も私も、テープにからみつかれ、動きがとれなくなった点では大差がないようだ。目に見えぬテープ。べとつくテープにとまったハエ……。

昨夜の睡眠薬のせいか、期待はずれで気が抜けたせいか、車の震動のせいか、私はうつらうつらした。となりの席では、彼女も居眠りをはじめていた。これは年齢のせいなのだろう……。

「旦那《だんな》、つきましたよ」

運転手に声をかけられ、私は身をおこした。彼女は降り、私は財布を出した。運転手はお釣りを数え、私に手渡しながら妙な目つきで私を見た。それに気がつき、

「どうかしたかい」

「こんなことをお聞きするのもなんですが、いま、お眠りになりましたか」

「ああ、そうだったようだ。だけど、なにかあったのかい」

と、私はふしぎに思い、運転手は言いにくそうに答えた。

「お話をなさっておいでででしたので」

「そんなはずはないな。眠っていたのだから」

「でしょうね。でも、たしかに聞こえたようです。バック・ミラーをのぞくと、お客さん、お二人とも目を閉じていらっしゃる。寝言の会話のようでしたよ」

「会話だって……どんな声で、どんな話を……」

「高めの声でしたが、内容は知りません。お客さまの会話は聞くべきではありませんし、それに気を取られたら、事故のもとになります。ですが、終りのころに、起きろとか……。寝言にしては変ですね。お二人でわたしをからかったのですか」

運転手は怒るというより、気味わるげな表情をした。私はタクシーに関係した、よくある怪談を思い出し、その主人公に自分がされたような、いやな気分になった。私

は適当に言いわけをしなければならなかった。

「いや、腹話術さ。その練習に熱をあげているので、つい、ひとりごとをしゃべってしまったのだろう。驚かして悪かった」

と私は、手のなかにあったお釣りの小銭を彼に手渡した。

「そうでしたか。なにかと思いましたよ」

運転手はそれで気が晴れたのでもなさそうだったが、発車によって私から遠ざかっていった。もっとくわしく聞きたかったのだが、もはや方法は残されていなかった。私は小さなレストランまで足を伸ばし、夕食をとり、アパートに戻った。

夕刊を読む気にもなれず、テレビを眺める興味もおこらなかった。ぐったりと寝そべってはみたものの、心は少しも休まらなかった。頭は動きつづけている。しかも手がかりのない解答を求めて。

器具も知識も持たず、金鉱をめざして砂漠をさまよう男。出口をさがして水槽のなかを泳ぎつづける金魚。虹《にじ》の美しさを感じとろうと努力している盲人……。

正気が失われつつあるのだろうか。いや、自己の正気を疑っているうちは、確かだとかいう話だが……。だが、狂気以外に、この状態をどう説明できるだろうか。とすると、正気が……。細長い紙片をひとひねりして作った輪、その表面をたどっているのと同じだった。これを終らせるには、ハサミで切るほかにはない。思いきって、本当に思いきって、私はクルコに声をかけてみた。

「どうだい、気分は」

クルコは答えなかった。私が答えないのだから当然なのだったが、その当然が喜ばしかった。私はほっとした。事態はもとに戻ったらしい。

「もと通りになったようだな」

口調は少しほがらかになった。しかし、その途端、私の意志に反してクルコがしゃべった。

「なってはいないわよ」

だめだ。やはりだめだ。一日たったというものの、少しも好転していない。私は起しかけたからだを、また横たえた。

「やれやれ、さっきの祈祷《きとう》とやらも、全然きき目なしか」

「あんないんちき、役に立つはずがないじゃないの。ばかねえ、人間て」

クルコの声は元気にあふれている。

「いったい、なにがどうなっているんだ。いつまでつづくんだ」

クルコは答えなかった。だが、終ったのではないにきまっている。安堵《あんど》の沈黙ではなく、不安の沈黙だった。嵐《あらし》の前の夜。どこかで静かに燃えている導火線。無音の時限爆弾。泡も立てずに化合しつつある劇薬。私はいらだたしく問いつめた。

「おい、なんとかいったらどうだ」

「こんにちは」

めんどくさそうな響きもあった。

「こんにちは、だと……」

「そうよ。初対面なんだから、あいさつを言うべきなんでしょうね」

「あいさつなんか、どうでもいい。理由を知りたいんだ。説明を聞きたいんだ」

「あたしはあたし、あなたはあなたよ」

また、この言葉だ。すべては雲をつかむようだ。

「あいさつはすんだとして、これからなにをやるつもりなんだ」

「クルコの勝手よ」

「じゃあ、勝手にしろ。おれがいないと、なにもできないくせに」

つい口から出た言葉だったが、考えてみると、その通りだった。しばらく話しかけないでいよう。話しかけさえしなければ、正常と変りがないのだ。それで様子を見ることにしよう。このほかに名案らしいものも浮かばなかった。

しかし、腹話術の仕事のほうは休まなければならないだろう。台本を書くことで最低の生活費が出ないこともあるまい。それにしても、いつまで……。さらに悪くなることは……。私はその夜もまた、睡眠薬とウイスキーにたよらなければならなかった。

## 3

テレビ局に電話をかけ、私は今までつづけてきた幼児番組を、しばらく休ませてほしいと申し出た。さびしい気持ちだった。だが、指が硬直した音楽家、顔にけがをした写真のモデル、歯の抜けた番犬のように、どうしようもない状態なのだ。

しかし、相手はすなおにとってくれなかった。

「おいおい、つれないことを言うなよ。よその局の演芸番組が好評だったといううわさは聞いたが、こう早く逃げられるとは……」

「そんな意味じゃない。つづけたいのだが、人形のほうの声が出なくなってしまったのだ。わかってくれ」

「クルコちゃんがカゼでもひいたのかい。苦しい言いわけはしないでいいよ。考えてみれば、失敗もなくつづいてきて視聴率も安定している。その割に謝礼が安かったことはみとめるよ。急に中止するわけにもいかない。条件があるのなら言ってくれ。たいていのことは、なんとかするぜ」

と、彼はあくまで値上げ交渉と思いこんでいた。その誤解も無理はない。私の声は正常なのだし、腹話術師が人形を支配できなくなったなど、ふつう想像外の事件なのだから。私は条件を出してみた。

「人形のほうの声に吹き替えを使ってもらえるのならば……」

彼はめんくらったらしく、しばらく黙っていたが、

「変なことを考えついたな。本当にそうなのか、新しい試みなのかはわからないが、いいだろう。そのかわり、そちらで台本を完全に作り、打合せも充分にすませておいてくれ」

「ああ、もちろんだ」

私はほっとして電話を切った。あやふやな形ながら、なんとか失業状態にならなくてすみそうだ。

このあいだもらった名刺を調べ、谷恵子に電話をかけてみた。さいわい彼女は在宅だった。まず、先日のお礼をあらためて述べ、できたら、こんご定期的に手伝ってもらえないかと聞いた。

恵子はふしぎそうな口調だったが、仕事と報酬のふえることに異論はなかった。私は早速だが、これからでも打合せに寄ろうかと言った。だが、彼女は予定があるので夕方にしてくれと答えた。

そのほうが私もよかった。それまでの時間を、台本をととのえることに使った。いままでのように独演の時ならメモ程度のものでいいのだが、吹き替えとなると、それではすまない。

夕刻になり、私はバッグにクルコと台本を入れ、外出した。タクシーで二十分ほど、谷恵子のアパートは、私のより都心に近い場所にあった。だが、近くには公園があり、環境は悪くなさそうだった。

早すぎたかな、と思いながらノックすると、内側からドアが開き、彼女は私をむかえ入れた。

「お待ちしていましたわ。どうぞ……」

「どうも、変な仕事をお願いしてしまって……」

と私は椅子《いす》にかけながら、ちらと部屋のようすを見て、彼女はひとり暮らしらしいと知った。また、恵子は小柄だが色が白く、大きな目が利口そうで、なかなか魅力的であることも知った。二十三ぐらいだろうか。このあいだの混乱の時には、どんな女性なのか観察する余裕がなかったのだ。すすめてくれたお茶を飲み、私はすぐに打合せのほうにとりかかった。そして、頭の回転の早い女性であることがわかった。映画の吹き替えをやっているせいもあるだろうが、二、三回くりかえすと、すっかり要領を身につけてしまった。すでに先日のピンチヒッターで実証ずみのはずなのだが、なにしろ私は、あの時のことをよく覚えていないのだ。

あとの問題は、クルコの声に似させることだった。聞きなれている幼児は、声の変化に意外と敏感なものだ。私はクルコを操作しながら、その声を示した。恵子はそれを巧みにまねし、打合せは完了した。

私がタバコに火をつけると、恵子は手を伸ばしてクルコの頭をなでながら、当然の疑問を口にした。

「お仕事をまわしていただけたのはありがたいけど、わけがわからないわ。お人形の声も、ちゃんとお出しになれるのに」

「いつも、こう従順ならいいんですが……」

ごまかすこともできたが、私はありのままに事情を話した。狂気と思われるかもしれないのはつらかったが、これからしばらく仕事をいっしょにする相手に、うそをつき通すことはむずかしい。

「どうしてそんなことになったのかしら」

「わからない……」

ほかに答えようがなかった。現象の異常か精神の異常かの判断は、相手にまかせなければならないのだ。しかし、そのとき私は思わずしゃべっていた。

「あなたとごいっしょに、仕事をしたいためかも……」

しかも、クルコの声で。

「あら」

と恵子は笑い声をあげ、それ以上は質問してこなかった。私をいたわったのだろうか、あきれたためだろうか。冗談、本心、異常現象、そのどれを感じとっただろうか。

幼児番組は打合せどおり、無事に本番を放送することができた。将来にまたどんな事態が横たわっているにせよ、当面は小康を保つことができたようだ。

ディレクターは約束を守って、恵子にも謝礼を払ってくれた。私はお礼の意味もかねて、恵子に昼食をおごろうと言った。だが彼女は、ラジオドラマの仕事があるとかで、それは次の機会に延期することにした。

私はひとりで、局の近くのレストランに入った。店はこんでいたが、奥のほうに席を見つけることはできた。注文した軽い食事をとっている時、私のそばに人のけはいを感じた。しかし、ふりむいてみたがだれもいない。この感じは、まえに経験して以来、時どき訪れてくるのだ。なぜだろう。一連の異常なことと、なにか関係があるのだろうか。

またも、そばに人のけはいがした。どうせ気のせいだろうとは思ったが、ふりむいてみると、今度はちがった。それはウエイトレスで、彼女は私の前にコーヒーをおき、当然のように立ち去った。

だが私は、それを当然のように飲む気にはなれなかった。私はコーヒーを飲むつもりでいたし、それが運ばれてきたことに問題はなかった。しかし、まだその注文をしていなかったのだ。

サービスなのかとも考えたが、ウエイトレスはテーブルの上の請求書に書き加えていった。やはり、注文をしたことを、私が忘れていたのだろう。「さっきコーヒーを注文したでしょうか」と聞いてみるのも変だし、特に大事件というわけでもない。このまま金を払って出ることにした。

ふしぎがりながら、レジで釣銭を待っている時、二人づれの若い女の子が店に入りかけた。しかし、彼女たちは、すぐそのまま出ていってしまった。これだけならありふれた光景だが、その瞬間に、二人は赤くなった顔を見あわせ、大声で叫んだのだ。

「まあ、いやらしい」

と。まるで、裸の男性でもみとめたような表情だった。私は自分のことかと、ぎくりとした。といって、心当りはない。店内を見まわすと、お客たちはみな、キツネにつままれたような様子だった。好奇心が高まり、通りがかったウエイトレスに聞いてみた。

「このお店は、どこか変なのでしょうか」

「変なのは、いまの二人ですわ。それとも、たちの悪い新しいいたずらなのでしょう。迷惑なことですわ」

と、彼女は眉《まゆ》をひそめて答えた。そう解釈できたし、また、そうとしか考えられなかった。私はレストランを出て、バスを待った。世のなかには変な連中がいる、なにも私だけではないようだ、とつぶやきながら。こっちの異常は、他人に迷惑を及ぼさないだけ、まだましかもしれない。あ、あそこにも同類がいる……。

ふと気がつくと、そばのタバコ屋の主人、初老の男も少しおかしかった。目に見えぬ客をさがしてでもいるように、タバコを差し出して、きょろきょろしている。

こうなってくると、世のなか全部が狂いかけているのではないだろうか。そういえば、ひとのことを変だと言った、さっきのウエイトレスだって変だったのでは……。たのみもしないコーヒーを運んできたとすれば。

バスが来たので、タバコ屋の観察を中止しなければならなかった。車内はけっこう一杯で、息苦しい空気がみちていた。片手にバッグをさげ、大ぜいの乗客のあいだで揺られるのは楽なことではなかった。

その時、またも不可解な事件が、とつぜん起ったのだった。さっきの二人づれがあげたような、女の悲鳴。

「なにをなさるの。やめてちょうだい。いやらしいわね、失礼よ」

怒りがこもっていて、不心得な男性をしかる言葉だった。乗客たちはざわめき、運転手は車をとめた。その人物をつかまえ、交番に連行するためとは、だれにもわかった。

しかし、それは不可能だった。なぜなら、いなかったのだから。その人物を発見できなかったのではない。いまの声に相当する女性がいなかったのだ。乗客はすべて、としとった婦人ばかりで、あんな悲鳴をあげる年齢ではなかった。

バスはふたたび発車したが、みなの顔は青ざめていた。存在しない女性の声を、だれもが同時に聞いたのだから。私もまた、ばくぜんと恐怖めいた感情を味わわされた。

しかし、その恐怖はたちまち鮮明となり、私は身ぶるいした。

原因に気がついたのだ。クルコの声。クルコが勝手にしゃべりはじめていたのだ。

しかも、さっきから……。

いままでは、なにか問いかけなければ答えなかった。そのため、それに思いいたらなかったのだ。乱れた髪にクシを当てたように、筋道が通ってしまった。コーヒーを注文したのもクルコだったのだろう。二人づれの女の子をからかい、タバコ屋の主人になにか言ったのも……。変なのは、やはり私ひとりだけだったのだ。

しかし、どうしてこんなことになったのだろう。このあいだ「じゃあ、勝手にしろ」と思わず命じてしまったためだろうか。

またもクルコの声が響きわたった。

「運転手さん、とめてちょうだい」

だが、運転手は聞こえないふりをし、つぎの停留所までとまらなかった。そして、とまったとたん、乗客の大部分は先を争って下車してしまった。私もそれにまざっておりた。

まばらな人数のなかでは、ばれてしまうおそれがある。自分ではない、腹話術用の人形のせいだ、などという言いわけの通用するはずがない。

帰宅するのに、私は一苦労した。いつクルコがしゃべり出すかわからないのだ。国電の駅まで歩き、すいた電車が来るまで待って乗った。片手でバッグを下げ、片手で考えごとでもしているようにくちびるを押えて。こうしているあいだは大丈夫だった。

しかし、少しこんできて、車体が揺れた時には、手を放さなければならなかった。たちまちクルコの声が独走した。

「やめたらどうなの、みなが迷惑するわ」

肩をいからし、崩れた身なりの若者が、あたりかまわずタバコに火をつけようとしていた。

「なんだと」

若者はすごんだ声と目つきとで身をねじり、一回転した。だが、近くに女性はいなかった。クルコはまた、嘲笑《ちょうしょう》するように言った。

「強がってもだめよ。本当はあんた、気が小さくて、さびしいんでしょう。だれも自分のことをみとめてくれないんで、車内でタバコを吸って威張ろうというんでしょう。けちな計画ね」

「やいやい、だれだ。出てこい」

若者はわめいた。だが、薄気味わるそうな調子だった。私は彼に顔を見られないようにし、クルコも時には痛快なことをやるな、と苦笑した。クルコの声はつづいた。

「こんどの駅でおりて、話をつけましょうか。勇気があるんなら、ついていらっしゃいよ」

電車はホームに着いた。私は口を手で押え、ようすをうかがった。だが、そのドアから下車したのは、まっさおになって転がるように逃げ出した、その若者ひとりだけ。残った乗客たちは、こわがったものか笑ったものかわからず、複雑な表情だった。だれかが、

「小型レコーダーをかくして使ったのだろうが、ちょっと気のきいたことをするやつがいるな」

と言い、うなずく者が多かった。

アパートへ帰るまえに、思いついて増田屋へ寄り、若主人に話しかけた。

「ひまだったら今夜でも、遊びがてらに出かけてきませんか」

「ええ、とくに忙しくもありませんから、おうかがいしましょう。しかし、なんでしょうか」

「それはその時……」

ちょうどお客が入ってきたので、私は言葉を濁した。だれかに相談したいのだ。病

院へかけ込む気もしないし、といって、仕事の関係者に打ちあけるのも気がすすまない。その点、増田なら口が堅そうだし、いままでのいきさつもあって、適当と考えたのだ。

お客はなかなか帰りそうになく、ポケットをさぐったがタバコはなかった。私は彼に、

「じゃあ、あとで」

と言い、部屋に帰った。

十時ちょっと過ぎ、増田はやってきた。私はウイスキーをついですすめながら言った。

「弱ったことになってね。まあ聞いてくれないか」

「どうしました。また夢ですか」

彼は少しずつ飲み、まばたきをした。

「ああ、いつか聞かされた夢魔とやらに、とりつかれてしまったらしい」

「まさか。本で読んだ限りでは、中世ヨーロッパの現象ですよ。いまは現代、ここは日本です」

「それなら、どう理屈をつけたらいいのだろう。クルコが変なことをしゃべりはじめ、

手がつけられなくなった」

「しかし、それはあなたがしゃべらせるからでしょう」

彼の答は平凡だった。腹話術の人形が、本当に口のきけるはずがないのだから。たしかに、事情の説明が不足だった。私は順序をたてて、はじめから話しなおした。演芸番組の時の事件、また、きょうの出来事を……。

「……というわけだ。だんだんひどくなり、そして、わけがわからない」

「しかし、そんなことが起るとは……」

彼もすぐには信じなかった。そこで証明してみせるため、私はクルコに呼びかけることにした。

「クルコちゃん。きょうのいたずらは、どういうわけなの」

そして、返事を待った。だが答はなく、増田は私に言った。

「べつに、どうということもないようですが……」

私は困り、いつもとは逆に、なにか言ってくれと祈りながら、もう一度クルコに話しかけた。

「どういうわけなの。ちゃんと答えなさい」

すると、クルコはやっと応じてくれた。

「うるさいわねえ。クルコはクルコよ」

私はほっとし、増田にむかって言った。

「ほら、この通りなんだ。ひとをばかにしているじゃないか。時どき、この文句をしゃべる」

だが、私がひとつ誤算をしていたことを、増田の疑問で知らされた。

「だけど、いまのもあなたが言わせたのでしょう。なにをしゃべっても、ふしぎではないわけでしょう。それとも、ショウの練習なのですか」

と、彼は顔をしかめた。冗談ととられてしまったらしい。重大そうにひとを招いておいて、酒をすすめ、ひそかに反応を調べて番組の研究に使うとしたら、相手は不快になるにきまっている。

からだのどこかから、寒気がひろがりはじめた。この異常な状態は、証明することができないのだと気がついた。それでもなお、しどろもどろに私は言った。

「そうじゃないんだ。……わかってもらえないかな。こっちの意志に反して、勝手にしゃべってしまうんだよ。いまの声だって、言うつもりのない文句だったのだ。なんだったら……」

あたりを見まわし、部屋の片すみにあったありあわせの古い台本を取り、開いて増田に渡した。

「ここをやってみせるよ」

そして、クルコと対話をはじめた。だが、なんといじのわるいこと。クルコは正確にその通りをしゃべりつづけたのだ。増田は、

「べつに、どこも違っていないようですよ」

「ああ、そうだったようだな」

私はうなずき、ため息をついた。それから、グラスにウイスキーをつぎ、三杯ほどつづけて飲んだ。

不可能だ。証明することは、どうやっても不可能らしい。自分が狂気におちいりかけているというのに、いや、すでになってしまっているのかもしれないが、それを相手になっとくさせる方法がない。

世のなかに、これほどもどかしく、情ないことがほかにあるだろうか。しいてあげれば立場は逆だが、相手に金持ちと思いこまれてしまった貧乏人の場合ぐらいだろう。否定すればするほど信用され、相手に印象づけるありもしない財産の額が、あがる一方になってしまう。

立証しようとする努力を、私はあきらめた。カチカチと音をたて、びんをグラスの

ふちに小きざみにぶつけながら酒をつぎ、それを飲むほかになかった。どっちが人形なのかわからなくなってきた。クルコは私を、いいように操っている。私こそ人形。酒を飲み、くやし涙を出すという、よくできた人形なのだ。

しかし、皮肉なことに、立証をあきらめたことが立証になった。増田はうなずきながら、話しかけてきた。

「わかりましたよ。うそや冗談とも思えませんね。ひとをからかうのなら、そう真に迫ったことはできないものでしょう。特にあなたの性格では……」

彼に飛びつき、肩をたたき、手を握りたくなる衝動を押えるのに苦労した。

「わかってもらえてありがたい。さすがは月賦《げっぷ》販売の店を経営しているだけあって、ひとを見る目がある。とても信じてもらえないのかと思っていた」

「そう早合点をなさらないように。作り話でないことは信用いたしますが、夢魔のたりであることまで信じたわけではありませんよ」

「ああ、なにかが起りかけていることを、わかってもらえればいいんだ。なんだろう。夢魔でなければ。狂気がはじまったのだろうか。分裂症とかいう病名があるそうだが、それだろうか。頭のなかが、わたしとクルコとに分裂してしまった」

彼は困った様子だった。礼儀正しいのを看板とする商店の主人が、お得意に対して、そうだとも言いにくいのだろう。

「さあ、わたしもよくは存じませんが、本当の狂気でしたら、日常生活ができなくなるものではないでしょうか。しかし、お話をうかがうと、吹き替えを考え出したり、口を押えたりなさって、なんとか適応し、切り抜けていらっしゃった」

「狂気でなければ、妄想によるうわごとなのだろうか」

「ご自分を狂気と思いこんでいる妄想。しかし、そんなのがあるとは、聞いたこともありませんね」

その点については、私も同じだった。私は首をかしげ、頭をかき、ウイスキーをすすめながら、

「妄想でもないとすると、どう考えたらいいのだろう。理屈さえついてくれれば、一応の気休めになるんだが……」

「もしかしたら……」

増田がなにか言いかけたので、私は身を乗り出してうながした。

「なにか思いついたのだったら、なんでもいい、聞かせてほしいな」

「つまりです。あるいは心の底の部分に関係があるのではないかと……」

「心の底だって……」

「ええ、これもなにかの雑誌で読んだことですが、人間は心の奥に原始的な欲望をだれもが持っている。しかし、社会で生活するためには、それを押えつけていなければならない、とか書いてありました」

「心の欲するところに従って法《のり》を越えず、とはいかないものな。だが、どうしてそれに関連が……」

「きょうの出来事からですよ。バスの乗客たちをからかいたい、威張った若者をやっつけたい。このような欲望が押えきれず、人形の声となってあらわれたと考えたわけです」

「コーヒーの件は、それを飲みたかったためか。タバコ屋は……。ああ、買っているうちにバスが来るといけないと思っていたが、タバコが切れていた。しかし、レストランのさわぎはなぜだろう」

「品のないことをささやいて、からかってみたかったのでは……。いつまでも独身でいらっしゃるのは、よくありませんよ」

　増田はちょっと笑い、話を終りにしたいらしかった。だが、私ははじめて聞くこの説に興味を持った。

「しかし、あの時は、そんなことを考えていなかったつもりだが」

「意識しないからといって、欲望が消えているわけでもないでしょう。欲望というものは理屈や善悪にとらわれないが、自分をまもることは本能として忘れない、とも書いてあったようです。だから、やってても大丈夫な人形の声となってあらわれたのでしょう」

「なるほど、ひと通りの説明になっているな……。それならビデオどりの時の失敗はなぜだろう。せっかくの機会に、失敗をしようという欲望などないだろう」

「わたしの知識はその記事だけですから、なんともわかりません。しかし、こうも考えられそうですよ。あなたの心の底が、この程度の番組では満足できない、と主張していたと……」

「理屈はどうにでもつくというが、そう聞かされると、そんな気にもなってくる。……ところで、その心の底とやらが、なぜ出現したのだろう」

さっきから私は「なぜ」を連発しつづけている。だが、突破口らしきものをみつけた今では、連発をさらに続けなければならない。

「あとはわたしの勝手な想像ですよ」と増田は断わってから「社会が複雑になるにつれ、気を使うことがふえてきます。そうなると、小さな着物を身につけた時、どこかで肌が出てしまうように、欲望をおおいつくすことができなくなる。その意識の空白、注意の裂け目とでもいったところから、あふれ出てくる……」

　彼は空想力がゆたかなのか、新しい意見を作り出した。

「つまり、ぼんやりした時に、つい癖が出るようなものだな。とすると、いまに万引などをやるだろうか。金を欲しい気持ちはあるし、それを押える意識に空白ができると」

「そんなことはないでしょう。お話によると、人形の声としてあらわれるだけのようですから」

　彼は私の心配を打ち消してくれた。現状ではそう安心していたほうがよさそうだ。さらに裂け目を大きくしてはことだ。私はまた「なぜ」を発した。

「なぜ、そんな現象がぼくにおこったのだろう。それはいろいろと気も使うが、ほかの人にくらべて特に激しいとも思えない。もっと忙しい人から流行しはじめてもいいはずだが……。もっとも、流行性のものかどうかわからないが」

「流行の服も、いちばん最初に着るだれかが必要ですよ。それに、あまり気を使わないとおっしゃるけど、腹話術をおやりだと、普通の人の二倍はお使いになるわけでしょう。また、人形の声が使えると、あらわれやすいのかもしれません。勝手にしゃべっても大丈夫というわけで……」

筋が通っていないこともなかった。私は半分ほどなっとくした。だが、そんなことが本当にありうるのだろうかという疑問は、依然として残っていた。なっとくしない半分とは、頭のなかのクルコに属する部分のせいかもしれないが……。それから私は結論を聞いた。

「で、どうしたらいいのだろう。神経を使わないで、休養するのが適当ということになりそうだが……」

しかし、それがいいとしても、仕事を休んでのんびりとしていられる身分ではないのだ。すると、増田は手を振りながら、

「それよりもまず、専門の医者にいらっしゃったほうがいいでしょう。わたしのは素人《しろうと》意見なのですから」

「あいにく、医者を知らないんだ。このへんにあるだろうか」

「ええ、うちのお得意先の西田医院というのがあります。いい先生ですし、わたしから聞いたとおっしゃれば、気楽に相談にのってくれると思いますよ」

彼はそばの紙片に、地図を書いてくれた。歩いても、そう遠くはなさそうだ。

「ありがとう。そのうち寄ってみることにしよう。……まあ、これくらいで変な話はやめにして、もっと飲まないか」

私はさらにウイスキーをすすめ、自分でも飲み、話題を関係のない雑談に移した。増田はあまり酒に強くないのか、眠そうな顔だった。私は強いほうだが、すでにずいぶん飲んでいた。

うとうととして目を開くと、増田も首をたれていた。私は彼をおこし、コーヒーをいれてすすめた。彼はそれを飲み、帰っていった。彼を送り出しながら、きょうのお礼というわけでもないが、台本の整理をするための簡単な書棚を注文した。

私はひとりになり、窓をあけ、タバコの煙で濁った空気を入れかえた。ひんやりした夜の気が流れこんできて、部屋のなかばかりか、私の肺から酒くささを運び去っていった。それを早めるため、深呼吸をくりかえした。

しかし、ゆがんだ不安めいた気分まで整理されたわけでなかった。たしかに増田の話は一つの理屈だが、心の奥底などという、えたいのしれない仮定をひっぱり出して、問題点をずらしただけではないのだろうか。心の底となると、形となって見えないだけ、どうもすっきりしなかった。

いつか見た、火山の文化映画を思い出した。深い地底から弱い地表を破って、どろどろしたものが噴出し、山腹に小さな山を作る。美しく壮大ではあったが、無形の生物のような不気味さもあった。ちょうど、そんなものだろうか。私の山腹にできた、クルコという小さな山……。

窓をしめ、クルコを見た。彼女は椅子《いす》の上でぐったりとしていた。だが、いつどんな形で、手のつけようもなく噴火しかねない火山なのかもしれない。私は反応を調べるため、問いかけてみた。

「クルコちゃんは、まったく手におえない。さっきはなぜ、すなおにしゃべってくれなかった」

彼女は答えた。

「すなおだったつもりよ。変なことはしゃべらなかったでしょ」

「そうじゃない。昼間のようにしゃべってもらいたかったのだ。おかげで、お客さんに信じこませるのに、一苦労だった。なんという気まぐれだ」

「クルコの勝手よ。だけど、お客さんが眠っているあいだに、そのぶんだけ話してあげといたわ」

「なにを話したのかは知らないが、眠っている時ではどうにもならない……。しかし、彼のおかげで、おまえの正体の見当がついた。押えつけられていた、心の底だそうだ。どうなんだ」

「そんなようなものね」

彼女はいつかのように、またも、とらえどころなく答えた。もっとも心の底ならば、理屈にしばられない、とらえどころのないものかもしれないが……。

「とんでもないやつだな、おまえは」

「怒ることはないじゃないの。クルコが心の底なら、自分自身をののしることになるわけでしょ。もっと大切に扱うべきだと思うわ」

時には妙に理屈の通ったようなことも言う。どっちかに徹底していてくれれば、まだ扱いやすいのだろうが。

「勝手にしろ」

私は話を切りあげた。ウイスキーを片づけるついでに、もう一杯口にした。酔いぐあいはほどよく、睡気《ねむけ》もまもなく訪れてきた。

しばらく平穏な日がつづいた。私は増田の説のうち、つごうのいい所だけを採用することにした。狂気とみとめるより、心の底のちょっとした異変としておいたほうがよさそうだ。それは同じ意味なのかもしれないが、すべては気の持ちようだろう。

また、なるべく頭を使わないようにするつもりだったが、そうもいかなかった。仕事のほうが忙しくなってきたのだ。いつかのテレビ局から、演芸番組への出演依頼がきた。

思いもよらぬぶざまな失敗をしたため、私は二度と出られまいと覚悟していた。ディレクターのほうも、二度と使いたくない思いだったろう。電話での声にも、そんな感情がともなっていた。しかし、そのような事情に関係ない視聴者には好評だったらしい。テレビの世界では、好評があらゆるものに優先する。

今度はうまくやりたかった。私は考え、失敗を防止する方法を考え出した。台本を完全に作り、谷恵子との対話を録音しておく。本番の時にはそれを再生し、それにあわせて私の口と、クルコの口とを動かせばいいのだ。吹き替えの逆をやることになる。一種のごまかしであり、腹話術師として良心にとがめはしたが、非常の場合にこれくらいは許してもらわなければならない。

これならクルコがどう独走し、どうわめこうが心配ない。録音テープでクルコをしばりあげた形だった。かつては私自身がテープに巻きつかれたような気分だったが、それが逆になったなと思い、苦笑いした。

この提案でディレクターは安心し、放送は無事にすみ、評判も悪くなかった。なかには局に「前回に比ししどろもどろさが足りない」との批評を投書してきたのがあったが、知らない連中はのんきなものだ。

私はこの方法を毎週の幼児番組へも応用した。

仕事が順調だと気持ちがいい。対策が確立したためか、クルコもあまり問題をおこさなかった。このあいだのように、電車の中や人ごみで突如としてしゃべり出すこともなかった。心の底とやらが休火山になったのだろうか。とにかく、平穏な状態と呼ぶことはできた。

といって、完全な死火山でもないようだった。時たま思いついて、クルコに聞いてみる。

「そろそろ、もとへ戻ってもいいころだが」

だが、彼女はめんどくさそうに答えるのだ。

「いるわよ、まだ」

「やれやれ、しかし、なんのためにいるんだ」

「クルコの勝手よ」

この程度ですんでいた。私は恵子の助けをかりなくても、録音テープを利用するのなら、やっていけるかもしれないと思った。だが、それはやらないことにした。増田の説が正しいとすれば、それは普通の二倍の神経を使うことになり、異常を悪化させるかもしれない。

また正直なところ、恵子との縁の切れるのが残念だった。彼女は協力者として申しぶんなかったし、つきあっているうちに魅力的な点もはっきりしてきた。新しい台本ができ上るたびに、心から面白がってくれたし、気のついた個所で提案をしてくれた。そしてそれは有益だった。変に同情を示してくれないのも気持ちよかった。しかし私は、交際を仕事の面だけに止めるよう努力した。

愛情を打ちあけることはできる。だが、平穏といっても、私は異常なのだ。それを彼女に指摘され、拒絶されるのはみじめだし、仕事を虚心につづけられなくなる。彼女に去られても支障はないかもしれないが、ひとりもピンチヒッターを用意せずに野球をやるような状態になってしまう。

恵子を愛しているのだろうか。彼女は私をどう思っているのだろう。頭のなかで自問自答しながらクルコを見ると、あたしに聞いてみたら、といった表情をしているように思えた。一瞬、異常はクルコの嫉妬《しっと》が原因かな、とも考えたが、そんなはずはなかった。恵子とのつきあいのほうが、異常の開始よりあとなのだ。

クルコへの質問を実行に移す気には、なかなかなれなかった。クルコの声が心の底のあらわれとすれば、なおさらのことなのだ。だれだってそうではないだろうか。ある女性へ熱をあげた時、それが自分の心からの愛であるかないかを、即座に正確に判断した答を告げられるのは、あまりいい気持ちでないにちがいない。肯定的な答ならいいが、否定的だった場合には、それを尊重しなければならない気になってしまうだろう。

　聞くのはこわかったが、恵子への感情を中途半端《はんぱ》にしておくのも楽でなかった。私はこの板ばさみに苦しんだあげく、やはり聞いてみることにした。否定的な答だったら、それを恵子には言わず、いままで通りのビジネスの交際にしておくことにしよう。

「クルコちゃん。あの、谷恵子という女の人をどう思う」

と、私は話しかけた。じらすかのように、クルコはなかなか答えなかった。だが、それは緊張による気のせいかもしれなかった。顔の傷がなおり、鏡にむかってホウタイをほどく時は、こんな気持ちになるのではないだろうか。待ちきれなくなり、もう一回聞くと、彼女はめんどくさそうに答えた。

「そんなこと、知らないわ。あたしはあたし、彼女は彼女よ」

　またしても、とらえどころがなかった。これは心の底にも判断のつかない問題なのだろうか。ものたりないような、ほっとしたような結果だった。

　恵子への態度を決定するのは、やはり、この異常な症状を根治できるかどうかにかかっている。変な小細工ではどうにもならないのだ。

# 4

異変がはじまって以来、寝つかれないため、ウイスキーや睡眠薬にたよる夜が多くなった。健康にはよくないことだろう。また、酒や薬が夢魔の成長を助けるえさになってしまうことはないだろうか。だが、どこまで、どう悪化するのか予想もつかないこのなぞの症状を考えはじめると、目がさえ、その不眠の苦痛はたまらないのだ。つい、手が伸びてしまう。

そして、やっと眠りを得る。その眠りは、かつての眠りとどことなくちがっていた。最初のうちはただ漠然と気になっていたのだが、やがて原因を発見した。夢を見ることがなくなってしまったのだ。これだけ頭を悩ませ、疲れさせているというのに。

あるいは、もう夢を見ることはないのかもしれない。夢魔がその境界線を破り、現実のほうに移動してきてしまったのならば……。

となると、夢はもはや空家なのだ。いまとなっては、かずかずの悪夢がなつかしくさえなってきた。どんなに異様で恐怖にみちていて、冷汗と動悸《どうき》とをもたらす夢でも、夢のなかにとどまっていてくれるのならば……。

しかし今は、目がさめると同時に、現実と夢とが同時に開幕される。二重うつしの写真のように、夢が現実のなかに分散している。しかも巧妙に合成されていて、識別しにくいというやっかいな状態なのだ。

悪夢、悪夢……。ある日の午後、私はぼんやりと椅子《いす》にかけ、ひざの上あたりに指先で、この二字を何回となく無意識のうちに書きつづけていた。なんとか悪夢から脱出する方法を見いだせないものかと思いながら。

悪……。だが、何回目かに悪と書きかけ、ふと気づいたことがあった。悪とばかり思いこんでいるが、はたしてそうなのだろうか、と。私はこの発見を、少し検討してみることにした。

このあいだ増田は、私が異常さに適応しようとしている点を指摘してくれた。この適応をさらに進め、積極的に役立たせることはできないものだろうか。自分では突然の変化にとまどい、あわてふためき、頭から悪夢と断定し、はねのけようとばかりしているが……。

ちょうど、文明に不意に直面した原始人が、利用すれば益になると察するどころか、恐怖におちいるのと同じような形とはいえないだろうか。もし私にある能力が芽ばえかけているのだとしたら……。悩むのは、それを確かめてみてからでもいい。

私はこの楽観的な考えを、むりにでも、もっと発展させようとした。いくらか気が楽になる。だが、この異変をどう利用できるかとなると、これまた、まったく霧のかなたなのだ。この現象の持つ法則性がわからないのだから。素人《しろうと》が未知の植物を押しつけられ、毒草か薬草かを知りかねているような光景だろう。

私はまず夢に特有な性格をあげ、なかに役立ちうる部分はないだろうかと考え、そして、やっと一つつかまえた。夢のなかでは宙を飛ぶことができる。それなら、夢が現実に侵入した今、それに似たことができないだろうか。

椅子から立ち、軽く飛びはねてみた。だが、浮きあがって天井にぶつかるどころか、普通と少しも変っていない。私はあきらめず、目をつぶり、飛ぶことに精神を集中しながら試みた。しかし、やはり同じこと。あるいは、必要に迫られれば可能になるのだろうか。たとえば、高い場所から落ちるとか……。

もちろん、それを実験するわけにはいかない。やはりだめだった、ではまにあわない。あまりにばかげた方角に空想が進んできたのに気づき、私は苦笑した。冷静な第三者が知ったら、変に思うにちがいない。事実、狂気はこんなふうに高まるものなのかもしれない。ビルから飛び下りて自殺する者がよくある。他人は「病気を苦にしたのだろう」とか「仕事か恋の悩みだろう」とか、もっともらしい理屈をつける。だが、当人は自己の飛行能力を確信し、その実証を示そうとした場合だってあるだろう。

また、いやな不安が戻ってきた。私は急いで頭を切り換え、利用面さがしをつづけることにした。

やがて私は、また一つ思いついた。夢で未来を予知したとかいう話を。新聞か雑誌の片すみで、夢のなかで競馬の勝ち馬を当てたとか、危険を察知してそれを回避できたなどの記事を読んだことがある。この能力はどうだろう。見事に発揮できないものだろうか。成功すれば、それこそ教祖になれる。いつか訪れた、円光霊道の先生のような、いいかげんなものではない。

私はクルコに話しかけた。

「ねえ、クルコちゃん」

「なによ」

「ひとつお願いがあるんだ。いい子だから、やってみてくれないかな」

と、私はていねいな口調を使った。この点に早く気がつくべきだったのだ。いままでは焦《あせ》ったり、他人に相談したり、策を使おうとしたりした。そんなことをするよりも、礼をつくしてクルコと直接に交渉し、和解し、こっちのために働かせたほうが利口といえそうだ。クルコにしても疑われたり、命令されたりでは気も進まなかったことだろう。

「どんなことなの」

クルコの応じ方も、気のせいか少しやわらかくなってきたようだ。

「どうだろう。なにか予言をやってみてくれないか」

「そんなことが、あたしにできるかしら」

「できないとは限らないよ。ためしてみないかい」

「そうね。でも、なにをやってみたらいいか、わからないわ」

クルコは意外に協力的だった。そのため、私は提案すべき問題がすぐには思い浮かばなかった。

「なんでもいいよ」

クルコは考えてでもいたのか、しばらくして言った。

「じゃあ、今夜のナイターはどうかしら……」

「野球か。それもいいけど、どう予言するというんだい」

「ちょっとしたごたごたが起るかもしれないわ」

「うまく当ればおなぐさみだな……」

そのナイターは、ここからそう遠くない所にある球場で行なわれる。しかし、わざわざ出かける気にはなれなかった。新聞で調べると、テレビで中継もされる。それで見物すればいい。また私は、野球に対し、それほど熱狂的でもなかったのだ。

夜になり、私は時間を見はからってテレビをつけた。試合は始まっていた。画面は白球を追い、バットの音を伝えてくる。アナウンサーの早口の声、解説者のもっともらしい声。試合は平凡に進み、べつに不穏の前兆のようなものは感じられなかった。もっとも、それは私がどちらのチームをもひいきしていないためで、選手や声援している観客にとっては、緊張がみなぎっているのだろう。

私の熱は少しさめはじめた。予言などと大それたことを期待し、興味の薄い野球中継を眺めつづけるはめになったのだから。クルコに一杯かつがれているのだとしたら、いささかしゃくだ。テレビを消す気にもならなかったが、そばにあった雑誌を開き、目を走らせたりした。

その時、テレビがわきたつような音を出した。観客たちの声だった。あわてて画面をのぞくと、トラブルが起っていた。アナウンサーの話では、三塁に滑り込んだランナーの、アウトかセーフかをめぐっての問題ということだ。

審判の判定によほど不満なのだろう。ランナーも不服らしかったし、監督も出てきた。さらには、場内に飛びおりる観客もあった。画面はスタンドの興奮状態をうつしていた。叫び声には、女性や子供の高い声もまざっている。試合があまりにも平凡に進んだため、やっと迎えたチャンスをめぐっての判定だから、押えられていたものが一挙にあふれ出たのだろう。そう考えれば、いちおうの理屈にはなる。

しかし、そんなことはどうでもいい。クルコの予言が的中したのだ。

「当った……」

思わず私は口にしていた。クルコはそれに応じて言った。

「うまくいったようね」

「信じられないことだ」

どうしてクルコにあらかじめわかったのだろう。人間の手ではどうしようもない時間の壁。予言とは、それをなんらかの方法で超越し、未来をのぞくか触れるかしなければ絶対に不可能な行為のはずだ。そんなことが起りうるのだろうか。

しかし、いま目の前のテレビの画面で、現実に発生している。ビデオによる録画の再生ではなく、なま中継で。

あまりのことに、私は目を疑った。どこかにしかけがあり、このテレビの画面だけに、トラブルのある光景が送られているのではとも疑ってみた。だが、それもありえない話だろう。どうみても予言の的中だ。

クルコ、いや私の内部に、その能力がそなわったのだろうか。本当とすれば、驚くべきことではないか。いかなる経過で、時のかなたを知りえたのかはわからない。だが、結論は現実なのだ。トラブルが予言できるくらいなら、勝敗に関してとなるともっと容易だろう。いや、野球の勝敗などどうでもいい。

テレビの画面では、まださわぎがつづいていた。警官が場内にあらわれ、審判たちは協議をしていた。しかし、私はスイッチを切った。テレビの奥での興奮は消え、別な興奮が私の心で高まってきた。

予言の能力。使いたい方面はいくらでもある。それを利用すれば、無限のことができるのだ。少しぐらい異常と思われ、また異常であったとしても、それを補ってあまりがある。腹話術を廃業しても惜しくはない。

その夜、私は寝床に入るまで、いや入ってからも、未来を所有した気分を味わい、それでもたらされる空想をはてしなく広げた。

夢は例によって見なかった。

つぎの朝になると、興奮は少しさめ、いくらか落ち着いた頭になれた。私はまず新聞を開き、スポーツ欄を調べてみた。昨夜の事件が、なにか架空のものではなかったかと心配したのだ。だが、写真入りで報道されてあった。この新聞まで疑ってみる必要はないだろう。

しかし、記事にはこうもつけ加えてあった。判定をめぐってのトラブル、それに観客まで巻き込まれることの多い最近の傾向をたしなめる文章だった。それを読んでいるうちに、べつな疑問が心をかすめた。

予言には未来をのぞかなくてもできる場合がある。まぐれ当りという現象だ。昨夜程度とまではいかなくても、ごたごたの起る率は案外に高いのかもしれない。また、試合の組合せ、だれだれが審判で、球場、気象などの条件を計算したら、相当なまでに的中率を高められないだろうか。それを無意識に判断していたのかも……。また「ごたごたが起る」とは言ったが、詳細には少しも触れなかった。小さな抗議の程度でも、それで満足してしまったともいえそうだ。

株式のいんちき予想屋のやり方を連想した。上る、下る、と交互に告げていれば、半数の人は当ったと感謝してくれるのだ。

しかし、こんな疑問をいじって頭を悩ましていることはない。まぐれかどうかは、もう一度やってみればいいのだ。私は言った。

「クルコちゃん。きのうの予言は実にすばらしかったね」

「それほどでもないわ」

「ところで、今夜のナイターはどうだろう。どっちが勝つか教えてくれないかい」

昨夜はあらかじめ他人に話すひまがなかったが、きょうはだれかに話し、証人を作っておくとしようか。それとも、黙っていたほうがいいものだろうか。

しかし、クルコは意外な答を言った。

「もうやらないわ」

「おいおい、どうしたんだい。気にさわることでもあるのかい」

「やったって、なんの意味もないことですもの」

「そんなことはない。利益だってあげられるし、社会にも役に立つ。やってくれないか」

思いがけない成り行きに、私はあわてながらも熱心にたのんだ。しかし、クルコは従わなかった。

「だめよ。もう予言なんかする気はないわ」

なぜだろう。偶然の成果を巧みに利用し、これで打ち切るつもりなのだろうか。まぐれ当りは一回でやめておくのが効果的というわけなのだろうか。

「たのむよ、なんとか……」

「うるさいわね。それなら、いやなことの予言をやってあげるわ」

「やめてくれ」

私は断わった。どうせでたらめにしろ、いやな予言を耳にするのは、だれだっていやだ。平然を装《よそ》おうとしても、気になりつづけ、生きた心地もしなくなるだろう。

どうやら、クルコと和解し、協力させようとの試みは失敗だったようだ。相手のほうがうわてだったようだ。まぐれ当りを利用し、私を威圧した形で終結した。いやな予言ならするという。たぶん、予言だのなんだのと、私が話しかけるのを封じる作戦だったのだろう。

もし、まぐれが外れた時は……。その時はその時で、なにか即妙な策を使ったにちがいない。私は惨敗《ざんぱい》だった。考えてみれば、予知に関心を持ったのが甘かった。

私はがっかりし、クルコに言葉を投げつけた。

「おまえなんか、消えてしまえ」

だが、クルコはべつに消えもしなかった。

あくる日、テレビ局へ出かけ、簡単な打合せを終えての帰りのことだった。私はクルコの入ったカバンを下げ、考えごとをしながら歩いていた。といっても、どう考えていいのかわかるわけがない。むしろ、祈るといったほうがいい。どんな犠牲を払ってもいいから、旧に復してくれないものかと……。

その時だった。なにかが私にぶつかったのだ。相当な勢いだったため、私は道路に倒れ、しばらくは起きあがれないほどだった。腰や腕の痛みをこらえながら目をあけると、そばに中年の男が倒れている。見知らぬ人だった。私がぼんやりして歩いていたため、曲り角を急いで歩いてきた彼にぶつかってしまったのだろう。ほかの通行人たちも足をとめ、物見高い目つきで、まわりを取り囲みはじめた。

その中年の男は、立ちあがりながら私に言った。

「これは失礼しました。おけがはありませんでしたか」

「たいしたことはありません。ぼんやり歩いていたのがいけなかったのです。こちらこそ、おわびしなくてはいけません」

私はうめき声を押えて身を起し、あやまった。私の不注意なのだ。相手がたちが悪く、怒って文句を言われても仕方ない立場にある。

「ずいぶんお痛みのようですが」

「大丈夫です。どうぞ、おかまいなく」

私はひたすらあやまった。

「そうですか。では、急いでおりますので」

中年の男は、軽く頭をさげ、服の汚れを両手ではたきながら歩き去っていった。それを見送りながら、私はやっと立った。倒れた時に右腕を打ったらしく、しびれる感じもした。

同じように不意のぶつかり合いでも、相手はとっさに態勢をととのえることができたのだろう。だが、私にはあまりに突然すぎたのだ。

私は左手で、こわごわ右腕をなでた。そして、そっと腕を伸ばしたり、まげたりしてみた。骨折はしなかったようだ。そんなことになったら、人形を動かすことができなくなるところだった。

ひと安心し、私はカバンを拾いあげようとした。しかし、ない。クルコの入ったカバンが見当らないのだ。倒れた拍子に、ころがったのだろうか。それでも、そう遠くに投げ出したはずはない。私は見まわす範囲を広げてみた。だが、どこにもないのだった。

ある疑いが頭に浮かび、すぐに消えた。いまぶつかった男が持ち去ったのではないかと思ったのだ。だが、うしろ姿を見ていたが、手ぶらで歩いていったのを思い出した。

まわりの人垣は散っていたが、私は中学生らしい女の子がそばにいるのを見つけ、聞いてみた。

「どこかに、カバンがころがっているのを見なかった……」

「どんなカバンなの……」

彼女は首をかしげながら聞きかえした。

「ボストンバッグ。これぐらいの大きさで、色は……」

私は特徴のあらましを説明した。彼女は心当りがありそうな答をした。

「じゃあ、あれだったのかしら……」

「知ってたら、教えて下さい。ぼくのカバンなんだ」

「あたし、人だかりがしてたので、なにかと思ってそばへ来たのよ。そしたら、おじさんがころんでいたわ。その時、人だかりのなかの一人が、そのカバンを持って歩きはじめたわ。あたし、その人のものとばかり思ってなんとも考えなかったけど……」

「それだ。しまった」

私が声を大きくすると、彼女は困ったような表情をした。

「あたしも、持ち逃げとは気がつかなかったわ」

「いいんだ。で、どんなやつで、どっちへ行った」

彼女を責めてもしようがない。参考になることを聞くほうがいい。彼女はうしろを指さして言った。

「あっちよ。若い男のようだったけど、気をつけて見ていなかったから……」

「いいんだ。ありがとう」

まちがえて持っていったとは思えない。急いで追ってみても、盗む気だったのなら、そのへんをうろついているわけがない。がっかりする私に同情するように、彼女は言った。

「大切なものが入っていたの」

「いや、お人形がひとつさ」

その答で、彼女は小さく笑った。高価な品でなかったので安心し、また、私とお人形との組合せがおかしかったのかもしれない。これ以上ここにいても仕方ないので、私は腕や腰をさすりながら歩きはじめた。

他人にとっては、単なる人形だが、私にとっては必要欠くべからざる商売道具なのだ。いつもなら、けがをしてでもクルコを手放すことはない。だが、先日来の異常でクルコを持てあまし気味となっていて、そのための油断もあったのだろう。

警察へ届けようかと思った。しかし、効果はあるだろうか。貴金属、宝石、現金のたぐいではない。たかが人形であり、骨董《こっとう》的、美術的な価値もない。警察官が、どれくらい親身になって考えてくれるだろう。しかも、持ち去った者の人相などもわからない。また、動機も……。

出来心なのだろう。ぶつかった男と持ち去った男が共謀で、計画的にしくんだとは考えられない。明るく人通りの多い時刻に、つかまる危険をおかしてまで盗む価値はないはずだ。もっとも、クルコが自己の意志で口をきく、精巧なロボットならべつだろうが……。

それだったら愉快なのだが。盗んだ男が札束を期待してカバンをあける。その時、人形が声をあげて驚かしたら、きもをつぶすにちがいない。しかし、それは無理だ。クルコは独走して勝手にしゃべるとはいうものの、私がいなければ声も出ない。

警察へは寄らず、私はそのままアパートに帰った。

盗んだ者には単なる人形でも、私には災難だった。テレビの仕事に、すぐにも差しつかえる。よりによって、こんな時になくすとは。弱り目にたたり目だった。だが、歯ぎしりをしていても、だれも助けてはくれない。とるべき方法は一つしかなかった。製作者に連絡して、至急かわりを作ってもらうことだ。電話をかけると、運よく彼はいた。簡単なあいさつのあと、私は盗難を告げ、助けを求めた。彼も忙しいらしかったが、事情を知っては断われない。まにあわせに粗製のを作り、あとで時間をかけて精密なのを製作してくれると承知してくれた。謝礼ははずまなければならないだろうが、失業よりはいい。

歯の抜けたような、との形容があるが、クルコがいなくなると、まさにそれだった。その歯がひどい虫歯だったとしても変りはない。クルコは文字通り、ずっと私の一部だったのだ。なつかしく、さびしい思いが高まってきた。新しい人形ができても、なれるまでにはしばらくかかるかもしれない。

しかし、なぜいなくなってしまったのだろう。私は昨夜のことを思いかえした。「消えてしまえ」と口にしたが、そのせいだろうか。しかし、それとこれとの間に関連のあるわけがない。もし因果関係があるのなら、命令すれば出てくるはずだ。

「クルコちゃん。出てきなさい」

もちろん期待はかけなかったが、私は口に出して言ってみた。だが、人形がないと、どうも調子がでない。習慣の力は恐ろしいものだ。従って、異常が中断しているのかどうか、調べようがなかった。

クルコがご神木かなにかで作られていたため、たたりとして異変が起ったのだったら、これで厄払いとなるところだろう。しかし、クルコ二世が完成すれば、また異変がはじまると覚悟していたほうがいい。問題は人形ではなく、あくまで私にあるのだから。

夜。クルコのいない室内は、空気の成分からなにかが欠けでもしたような感じだった。

朝になっても、それは変らなかった。台本を書こうにも、どうも気が乗らない。書き損じばかりだった。夕方ちかくになり、調子の出ないことで見切りをつけ、映画でも見ようかと思い、アパートを出た。

しかし、特にあてがあってではなく、道を歩きながら、どんなのにしようかと迷った。そしてその時、またも他人とぶつかりかけた。相手は朴訥《ぼくとつ》そうな老人だった。私は思わず苦笑した。

苦笑を微笑と受け取ったためか、その老人は私に道をたずねた。田舎から出てきたといった印象を与える言葉つきだった。このへんははじめてらしく、方角ちがいにやってきてしまったらしい。ほっておくと、いささか気がかりだ。

私はいっしょに歩き、近くのバスの停留所まで案内し、ここで乗り三つ目で下車するのだと告げた。老人は何度もお礼をくりかえした。

そのバスが走り去ったあと、行先きを決めかね、たたずんでタバコに火をつけようとすると、自動車がそばへ寄ってきて止った。タクシーに乗るつもりはないと、手を振って合図すると、運転席の男が言った。タクシーではなかった。

「おい、しばらくじゃないか」

私は我にかえり、彼が学校時代の友人の岡本であるのに気がついた。

「やあ、きみか」

「どうだい、乗らないかい。退屈そうな様子じゃないか」

さそわれるまま、私は彼のそばの席に乗り、ひまなことを承認した。そして、

「そっちはどうなんだ、忙しいのかい」

「ああ、うちの仕事の建築関係を手伝っている」

「しかし、こんなとこで会えるとは思わなかったな」

「至急に見積りをたのまれ、ひと通り現場を見ての帰りさ。しかし、これできょうの仕事は終りだ。よかったら、久しぶりでいっしょに飲むとしようか」

「悪くないな」

私にも異議はなかった。映画を見なければならないわけではない。友人と雑談するのも、いい気ばらしになる。

「じゃあ、どこかで電話をかけ、会社にそのことを連絡してからにしよう」

彼は運転をしながら、公衆電話をさがした。駐車できそうなのにはなかなかめぐりあわなかったが、やがて発見できた。

だが、電話をかけて戻ってきた岡本は、頭をかき、すまなそうに言った。

「せっかくだが、急用ができてしまった。またにしてくれないか」

「ぼくはかまわないが……」

「会社に取引き先の人が待っているそうなんだ。ほっとくこともできない……」

彼は私を家まで送ると言ったが、私は辞退した。岡本は仕事であり、こっちはひまなのだ。私はそこで車を下り、彼は残念がり、あやまりながら車を走らせていった。

私はまた行先きを失い、退屈な時間が戻ってきた。どうしたものだろう。歩きかけたが、私はまた足をとめた。そばに警察署の建物があるのに気がついたのだ。

ついでもあり、時間つぶしにもなる。クルコの紛失を届けてみようかとの気になったのだった。警察の雰囲気も知っておくと、台本を書く時の参考になるかもしれない。

だが、本気でとりあげてくれるだろうか。冷淡に扱われてうんざりしたり、やっかいな手続きで後悔するようなことは……。

ためらいながら入口に立っていると、外勤から帰った警官が私に言った。

「なにかご用ですか」

感じのいい警官だった。それにつられて、私もすらすらと口に出せた。

「じつは、紛失物のことで……」

「遠慮なさることはありませんよ。どうぞ……」

親切な人物だった。私をなかに案内し、遺失物係の机まで連れていって、引きついでくれた。

「ボストンバッグをなくしたそうです。聞いてあげて下さい」

係は私を迎えて、

「大きさや、色は……。こんなものですか」

そして、そばにあったのを手で持ちあげてみせた。私のに似ていた。

「ええ、それでなかに人形が入っていれば、わたしのなくしたカバンです」

係は驚いた表情をした。

「これもそうです。さっき交番から届けられた品ですが」

「交番ですって……。だれが拾ってくれたのですか。道で倒れた時に持ち逃げされたのでしたが」

「いや、交番のそばに捨ててあったそうです。金目のものでないので、あきらめたのでしょう。うまく見つかってよかったですね。なかをあらためて下さい」

なかにはクルコが入っていた。

「たしかにそうです。こうすぐ返ってくるとは思ってもいませんでした」

私は感謝の言葉を述べた。だが、係は、

「しかし、このカバンがあなたのものであると、なにか裏付けするようなものはありませんか。念のためです」

彼は私のテレビ番組を見てないらしかった。彼ばかりでなく、警察のなかには私の顔を知っている人はいないようだ。テレビ局に電話し、だれかに証明してもらえばそれですむものだろうか。こう考えながら、私はクルコを出し、呼びかけた。

「クルコちゃん、会えてよかったな。身代金《みのしろきん》でも要求されるかと思って、心配していたよ」

そして、クルコに答えさせた。

「やれやれ、虐待《ぎゃくたい》にたえかねて逃げ出したのに、また連れ戻されちゃったのね。警察で保護してくれないかしら」

「だめだ。クルコのように税金を納めていない者は、そんな権利もない」

「また逆もどりか」

「いや、その前に、拾った人に一割のお礼をしなければならない。耳でも削って置いて行くとするか」

「助けて、おまわりさん」

警官たちは笑い、それで証明になった。私はクルコに言いたした。

「しかし、見つけることができてよかった」

「なに言ってるの。あたしが見つかってあげたのよ」

だが、この言葉は私の意志でなかった。異常は依然として残っているようだ。私は顔をしかめたくなるのを、場所柄を考えて押しとどめた。

クルコを連れて署を出た。まず第一にしなければならないことは、人形の製作者への連絡。電話をかけ見つかったことを知らせると、ほっとしたような声で喜んでくれた。しかし、今後もありうることなので、急がないでいいから作ってほしいとはたのんでおいた。

私はアパートに帰り、クルコが戻ってきてくれたことの幸運を味わいなおした。新しい人形が出来るまで、なれるまでの非能率に苦しまなくてすんだのだ。私に道をたずねた老人、自動車で通りがかった友人、親切だった警官。これらの人びとのおかげだった。偶然のつみ重ねは思いがけぬ結果をもたらしてくれる。だが、偶然はふしぎでもなく、神秘でもない。世の中の幸運とは、すべてそうなのだ。そうでなかったら、だれも幸運にめぐりあうたびにそれを気にし、ただごとでない騒ぎをくりかえさなければならないはずだ。

「消えろ」と言って盗まれ「出てきなさい」と命じて戻ってきた。こんなことを考えあわせたりするから、問題がこみいってくる。これだって、やはり偶然のひとつではないか。冷静になって焦点をしぼれば、私がクルコの声で妙なことを口走るだけになってしまう。

なんとなく、解決への目標がわかりかけてきた。それなら、どうすれば……。私は増田から聞いた医者のことを思い出した。決心に至るまでは、曲折を要するものらしい。


それから数日後、私はひまを作り、クルコをバッグにつめて、西田医院をたずねてみた。専門医かと思っていたが、看板を見ると、内科のほうが大きな字で書いてあった。どちらが本職かは知らないが、こんな場所で、神経科だけでやっていけないことはたしかのようだった。

西田院長は五十歳ぐらい、肥《ふと》って人当りのいい人物だった。初対面である患者に抵抗を感じさせないこつを身につけていた。私もまた気楽に話せた。事態がいちおう平穏を保っているせいもあった。

「……というわけです」

「それはいけませんね。よく診察をしてみましょう」

院長は笑いながら、聴診器をクルコの胸に当てた。それは私の緊張を、さらにときほぐしてくれた。私は言いたした。

「いまのところは、なんとか仕事をやって行けます。だが、このままでは結婚することもできません。早くなおるよう、お願いします」

「まあ、そうお急ぎにならないで下さい。まだ、病気ときまったわけでもないのですから」

増田に話した時も、まず狂言と疑われたことを思い出し、私は少し勢いこんだ。

「病気でなければ、なんなのです。酒は好きですが、アル中というほどではありません。睡眠薬の連用による副作用とも思えません。まさか、夢魔の出現などとおっしゃるのでも……」

「いや、この種の病気は、診断を急いではいけないものなのです」

病人というものは、自分の主張する病気を軽く見られるのをいやがるそうだ。私もそれと同じく、狂気を強調したい気になった。

「しかし、正常でないことはたしかでしょう。幻聴をともなう病気があるそうですが、それが進むと、こうなるのでは……」

西田院長は頭をかきながら、

「困りましたな。正直なところを申しあげますと、医者にとって、素人《しろうと》が勝手に自分に診断を下してしまうのが、いちばん困るのですよ。たしかに、悪口が聞こえるという幻聴症状もありますが」

「では、それでしょう」

「しかし、うかがったお話では、悪口はでてこなかったようですが……」

「ありましたよ。人間はばかだと……」

「しかし、それは、あなた個人に対する悪口ではないでしょう」

そういわれてみると、クルコが私にむけて攻撃的なことをしゃべった記憶はなかった。私はうなずいて、

「とすると、なんなのでしょう。心の底のどろどろとかが噴き出したのでしょうか」

「時間をかけて、くわしく診察してみることにしましょう。いずれ、催眠を試みたり、人形との対話の時の脳波も調べてみたいと思います」

そしてその日は、内科的なひと通りの診察をしてくれた。また、目をつぶって手を伸ばさせられ、指先きの揺れなどを観察された。どんな意味があるのか聞きたかったが、それは口にしなかった。院長のまじめさが私にもわかったし、彼への信頼感が高まってきたためだった。

帰りがけに粉薬を作ってくれた。その成分に興味もあったが、やはり質問はやめた。あまりしつっこく聞くべきではない。すべてを院長にまかせるのが一番なのだ。私はクルコを連れて帰宅した。

しばらくは演芸番組の台本を書くための、忙しい日がつづいた。だがゆううつの重荷をせおっての忙しさではなく、気楽に忙しさととりくめた。専門家の的確な手によって、遠からずこの変な状態からも抜け出せるのだ。

その仕事が一段落し、ちょうど薬を飲みつくしたので、私はふたたび西田医院を訪れることにした。くわしい診察に移り、治療が開始されるのだろうとの期待で足も軽かった。

しかし、その西田院長とは会えなかった。私を迎えたものは、病院にただよう、なにかあわただしい雰囲気だった。受付の女に聞くと、院長が昨夜なくなったと答えた。

あまりのことに聞きかえすと、一週間ほど前、往診の帰りに交通事故にあって負傷し、その後の経過がよくなかったためとのことだった。なんという不運で気の毒なことだろう。

あの冗談の好きな、たのもしさのあった院長がこうも急に死ぬとは。なぜ……。だが、幸運に説明がつけられないごとく、不運は不運として認める以外にない。哀悼の念をささげるほかにどうしようもない。しかし、あがって焼香をするほどの親しい関係でないため、私は玄関で軽く目を閉じ、頭を下げて帰ることにした。一回会っただけだったが、彼の顔をありありと思い出すことができた。その表情は私になにか言いたそうでもあったが、もはや知ることはできない。

私はがっかりして部屋に戻った。期待にあふれて出かけただけに、それは激しかった。院長の不運は、私の不運にもつながったのだ。

もちろん、すぐにほかの病院をさがせばいいのだが、その気になれなかったのだ。患者の医者に対する感情は、友情に似たところがある。すぐに代りを求める心境にはなれない。

また、クルコの異常、すなわち私のことでもあるのだが、それに特に大きな変化もなかった。そのため、つい仕事にまぎれて、べつな病院へ行くことを、しばらくは忘れていた。

そんなある日、ちょっとした出来事があった。机にむかって原稿を書いていると、ベルが来客を知らせた。

出てみると、二十歳ぐらいのどこかの店員といった感じの男だった。彼は手にした包みをさし出し、あいそのない口調で言った。

「これをお届けするようにとのことでした」

受け取ってみると、内容はなんだかわからないが、けっこう重かった。

「なんだい、なかみは。時限爆弾じゃないだろうな」

私が平凡な冗談を言うと彼も平凡な冗談で答えた。

「それでしたら、窓からそっとほうりこみますよ」

「それもそうだな。いや、どうもごくろうさま」

お礼を言うと、彼は帰っていった。私はそれを床に置き、机に戻った。区切りのいい所まで原稿を書いてしまおうと思ったのだ。

それから、ゆっくりと包みをあけにかかった。だが、それを途中でやめた。テープ・レコーダーらしく思えたのだ。

なにかのまちがいだろう。一台持っている私が、レコーダーを注文するはずがない。

また、贈られる覚えもなかった。

包み紙を見なおしたが、増田屋のそれではなかった。彼がなにかを思いついて届けてくれたのでもないらしい。包み紙には差出人も、あて名も書かれていなかった。配達ちがいなのだろうが、これでは手のつけようがない。

どうしたものだろうと考えたあげく、このまま置いておくことにした。そのうち、気がついて取りにくるにちがいない。管理人に話しておけば、留守の時は伝えてくれるだろう。それまでは、相手の落度の代償として、時どき使わせてもらうかもしれないが……。

私はそれを、部屋のすみのじゃまにならない所に片づけた。

## 5

そして、ある日の午後。私はぼんやりと寝そべっていた。明日テレビ局に届ける約束になっている原稿を、やっと書きあげたからだった。緊張のとけた、いつもながら好ましい時間だ。これでクルコの異変さえなければ……。

タバコの煙ごしにクルコを眺めていて、ふと、かつて読んだ気味のわるい物語を思い浮かべた。人面疽《じんめんそ》のでてくる話。タブーを犯した罰で呪《のろ》いがかかり、からだの一部がはれはじめ、もりあがり、人の顔の形になる。その口から流れ出るののしりの言葉を聞かされつづけ、衰弱して死に至るまで終らない。

考えてみると、私の場合もそれに似ているようだった。クルコは、私の精神にできた人面疽なのだろうか。しかし、呪いをうける覚えはない。自分の寝言に話しかけたのがいけなかったのだろうか。

もっとも、ちがっている点もある。クルコの目的はわからないものの、私を殺すためにあるのではなさそうだ。また彼女は、わめきつづけるわけでもない。人面疽のたぐいとしても、気まぐれで怠け者のようだ。それとも、西田医師からもらった薬がきいているためなのだろうか。

「クルコちゃん。そのごはどうだい」

私は全治していることを期待しながら、久しぶりに声をかけてみた。クルコは椅子《いす》の上でぐったりとしたまま、答えなかった。だが私は、一割ぐらいしか、ほっとしなかった。いままで何度も、ぬか喜びをさせられている。果して二、三度くりかえすと、彼女は応じた。

「うるさいわねえ。用もないのに呼びかけて、つまらないおしゃべりをするのはやめてよ。クルコは忙しいのよ」

やはりだめだ。私はがっかりした。事態は少しも変っていない。心の底とやらは、まったく手のつけられないものらしい。心の底か……。

なにか頭にひっかかるものを感じた。なにかをしたい、したくないというのはあっても、忙しいという欲望があるだろうか。

「用はあるさ。なにがどうなっているのか知りたいのだ。第一、忙しいはずがないじゃないか。このところ、おまえの声は使っていないんだ」

「忙しいから忙しいのよ。じゃましないでよ」

「どうもおかしい。おまえの正体は、心の底とは別物なんだな」

「そんなようなとこね」

依然として、とらえどころがなかった。

「では、なんなのだ」

「なんでもいいじゃないの」

「よくない。正体はなんだ」

「そのうち教えてあげるわ……」

クルコはもう答えなかった。これ以上の追及は、あきらめなければならない。地下を動きまわるモグラの生活を観察しようとするのと同じく、容易なことではないようだ。

「ああ、自由になりたい。出してくれ」

とつぜん、大声が部屋に響いた。思わず私が叫んでいたのだ。解放への欲求が、一瞬、からだじゅう走り抜けていったためだった。

なぜだかわからないが、この感情が数日まえから、時どき押えきれないほどに高まる。自分では情勢となんとか妥協し、気ながに時期を待つほかはないと覚悟しているつもりだった。しかし、一刻も早く、この目に見えぬ檻《おり》から脱出したいことに変りはない。そのひずみが、こんな形であらわれるのだろうか……。

その時、ベルが鳴り、だれか訪れてきたことを告げた。やれやれ、どうせろくな相手ではないだろう。そう思いながら立ちあがったが、いいほうに裏切られた。ドアのそとには、谷恵子がいた。

「近くまできたついでに、お寄りしてみたのよ。いま忙しいの……」

「どうぞ。あまりきれいな部屋じゃないけれど。ちょうど台本を書き終ったところだ。ぼくは忙しくないつもりだがね……」

私は彼女に通じない冗談を途中でひっこめ、なかに招き入れた。恵子はあたりを見

まわしながら、

「そうでもないじゃないの、男のひとり暮しだから、もっと手のつけられない汚れかたかと思っていたわ」

「いや、ひとりじゃないよ」

「だれなの、それは」

「女の人ですよ。はなれられない関係にある……」

こう言いながら、私は彼女の顔を盗み見た。そして、がっかりしたような表情がひろがりかけたのをたしかめ、すぐに言い足した。

「……そこにいるでしょう」

とクルコを指すと、恵子は明るさをとり戻した。

「あら、クルコちゃんのことだったのね。だけど彼女じゃあ、お掃除もなにもしてくれないじゃないの」

「しかし、いまの女性とは、みなそんなようなものでしょう」

「そうとは限らないわよ」

彼女の否定は、私の耳に気持ちよく響いた。恵子が、手にしていたお菓子の包みを差し出したので、私はお茶をいれてきた。たのめば、それもやってくれたろう。だが現状では、そう進展することは許されないのだ。クルコへの支配力が、完全に私の手に戻るまでは。それはいつの日なのだろうか……。

「あれから、クルコちゃんに変化あった……」

と彼女もそのことを質問してきた。

「だめ。さっきもためしてみたんだが、わけもなく忙しがっている。手のつけようがない。このあいだ道でころんだ時に持ち逃げされたが、すぐに戻ってきた。もっとも、これは人形のほうについてのことだし、単なる偶然だろうと思うよ。また、近所の医者に行ったが、彼は事故にあってしまった。心の底からの噴水のような現象かもしれない、と言った友人もあったが、どうもそうではないようだ……」

二人がかりで退治しよう、との文句は口から出せなかった。ほかの問題なら、それもいいだろう。しかし、こっちが狂気なのかもしれないのだ。それぐらいの常識は、まだ残っている。

「もしかしたら、精神の影のようなものじゃないかしら」

お菓子を一つ食べ終えてから、彼女は妙な説をとなえた。

「なんでまた、そんなことを……」

「単なる思いつきよ。きのう吹き替えをした、外国漫画映画にあったのよ。主人公の行くままに、くっついて歩きまわるのにあきてきた影が、それを無視して動きはじめる筋だったわ。ものの影が勝手に行動するんだから、ちょっとした混乱よ」

「反乱だな」

「ものに影があるんだから、精神にも影があるかもしれないわ。あまりにも当然で従順なので、存在に気がつかないでいるけど」

「またも新説が出たな。それが長いあいだの軽い扱いにあきて、独自な動きをとりはじめたわけか……。しかし、まさか」

　だが、笑って片づけることもできなかった。なにしろ、いまはまったく手がかりがないのだ。人類はじまって以来おとなしくしていた心の影とやらが、それに腹を立て、突破口をみつけて革命をおこしかけているのだろうか。彼女のちょっとした思いつきを、頭のなかでそっと検討してみた。だが、あまりいい方向には進展しなかった。その革命が成功したらどうなるのだろう。われわれが影にされ、こんどはその圧制のもとに、永久に従わされてしまうのだろうか。

　ゆううつな想像を追い払おうと、私はクルコに呼びかけた。

「クルコちゃん。おまえの正体は影なのかい」

「そんなようなものね。うるさいわねえ」

クルコの答を聞いて、恵子は驚いた。彼女が直面するのははじめてだった。

「いま、なにか言わせたの……」

「いや、そうじゃない。これが問題の現象なんだ……」

それから私は、かなり親しくしている増田にもなかなか信じてもらえなかった経験を話した。しかし、恵子はすぐになっとくしてくれた。いままでに話はしてあったし、これさえ起らなければ、腹話術の吹き替えを依頼するはずがない。

「そうだったの……。答えたところをみると、やはり精神の影なのかしら」

「わからない、夢魔かと聞いた時も、心の底かと聞いた時も同じ答えだった」

「なんだか、正体を知られたくないみたいね」

「それもわからない。正体がないせいかもしれない……」

この点になると、話の進めようがない。すぐさま壁につき当る。私はため息をついた。それに気づいてか、彼女はお茶を飲み話題を変えた。

「そうそう、このあいだ会った人が、外国の腹話術の録音テープを持っているとか言っていたわ。借りてくるから、聞いてみたら。参考になるでしょう」

「それはありがたいが、あいにく、英会話が苦手なんだ」

「あたしのアパートに、ガイドをしている人がいるわ。だいたいの意味なら訳してくれるでしょうから、メモを取ってあげてもいいわ。それを見ながらなら、ようすがわかるでしょう」

恵子は協力的だった。私への謝礼なのだろうか、好意なのだろうか。

「そうしてもらうと助かるな」

「だけど、レコーダーをお借りしなければならないわ。うちにはないのよ」

「持っていっていいよ。持ち主不明のが一台あるんだ……」

私は簡単に、先日のことを話した。

「それもまた、変な話ねえ」

「わけもなく品物を持ち出されるよりはいいよ」

私は棚の上に置きっぱなしにしておいた包みをおろした。あれ以来だれも取りにこないし、管理人からの連絡もなかった。包み紙の上には、少しほこりがたまっていた。

私はそれを散らさぬよう包みをほどいた。

「これだ」

「あまり見なれない型なのね。どこの製品なのかしら」

「しかし、動けばいいさ」

私はためしてみるつもりで、コードを差し込もうとした。だが、それは不可能だった。コードがなかった。差し込む個所さえなかったのだ。

「いや、これはレコーダーではないようだ」

思わず声をあげてしまった。上のほうに円型のものが二つ、並んでついていたが、テープを巻きつけることはできそうにないし、プラスチックでなく金属製だった。それに、固定してあって動きそうにない。

「それじゃあ、なんなの」

恵子が言ったが、答えようがなかった。

「見当がつかない。操作するための押しボタンのようなものもついていない。ひとつ調べてみるか」

私はネジ回しをさがしてきて、それをあけてみることにした。

「いじっちゃだめよ。こわれるわ」

注意されてふりむいたが、恵子ではなかった。クルコの声だった。私たちは顔を見あわせ、首をすくめた。

「クルコちゃんに関係のあるものなのかい」

だが、クルコの答えはなかった。私は勇気を出し、箱のネジを外しにかかった。なにかの手がかりが得られるかもしれない。そして、ふたに当る部分をはがした。

いま持っているレコーダーの内部をのぞいたことはなかったが、明らかに別物らしい。第一、モーターがない。マイクロフォン、スピーカーらしき物もない。そのかわり、わけのわからない部品が、ぎっしり詰っている。博覧会などで、最新科学の成果と称して陳列されている品に似ていた。構造は理解できないが、頭の痛くなるような複雑さの印象が伝わってくるという点で。多くの乾電池、クモの巣を細かく精密にしたような、アンテナともコイルともつかない部品もあった。私はそれをもぎとって恵子に示した。

「英会話と同じく電気の知識もないが、少なくともレコーダーでないことはたしからしい。こんな物は不必要だろう」

「そうね……。さっきクルコちゃんが叫んだのをみると、なにか関係があるのかしら」

「わからん。しかし、異常のはじまったのは、ずっと前からだが……」

「どこで作られたのでしょう。それがわかれば……」

「だめだ。見知らぬ若い男が置いていった。人相もよく思い出せない。犯罪じゃないから、警察へ届けても親身に取り扱ってはくれないだろう。といって、金を出して新聞広告をするほどのことでもなさそうだ」

「もしかしたら、秘密兵器かもしれないわ。追いつめられた男が、かくし場所に困って、近くの住宅に配達してしまう……」

テレビ映画の吹き替えをやっていると、すぐそんな連想をしてしまうのだろうか。私たちは交互になかをのぞきこみ、首をかしげた。

「さあ、テレビにはよくあるが、実際にはどうだろう。また、それだったら、わざわざ二階まであがり、ここまで届けてくることもなさそうだ。それに人相は覚えていないが、どうみても国際スパイ、泥棒といった気のきいた感じじゃなかったな。その後、取りにも来ないし」

「スパイは平凡な顔つきのほうがいいものよ。帽子を深くかぶり、黒眼鏡をかけ、ものものしく出現するのは子供番組だけよ」

「しかし、いずれにせよ、面白くない機械だ。くず屋に持っていってもらうとするか」

わけのわからない機械と、しばらくいっしょに生活していたのかと思うと、あまり愉快ではなかった。私はネジ回しを投げ捨ててつぶやいたが、恵子はそれをとめた。

「およしなさいよ。だれかに見せて調べてもらったら。なんに使うものか知りたいじゃないの」

それには私も賛成だった。時計を見ると夕刻になっていた。私はこの変な気分を転換させるため、彼女を食事にさそった。恵子はうなずき、私たちは部屋を出た。

軽く酒を飲み、とりとめない雑談をすると、まとわりつく不安な空気を、いくらか忘れることができた。そして、私は恵子と別れ、自分の部屋に戻った。レコーダーまがいの装置は紙に包み、ひもをかけ、ドアの近くに置いた。あす、テレビ局に持って行こう。局の電波部門の人を紹介してもらい、だれかに見てもらえば、これがなんなのかを教えてくれるだろう。

眠るまえ、クルコに声をかけたが、反応はなかった。本当に忙しいのだろうか。

つぎの日の昼ちかく、原稿を入れた封筒を手に、部屋を出た。そして、あやうく忘れるところだったのに気がついた。問題の機械を……。

だが、部屋に戻ってみると、忘れかけたのも無理ではなかった。ドアの近くに置いたはずなのに、なくなっていたのだ。念のために押入れをのぞき、棚を調べ、ひと通り部屋を見渡してみた。しかし、どこにもなかった。あたかも、氷で作られていたかのように。床に吸い込まれでもしたかのように。最初から存在しなかったように……。

ドアの鍵《かぎ》は昨夜かけたつもりだったが、いまとなってはたしかめようがなかった。

夜中か朝に、だれかがしのび込んできて、持っていったのだろうか。とすると、考えられるのは、いつかの男が配達ちがいに気がついて、取りに来た以外になかった。だが、それにしても、こそこそ持ち出すのは非常識すぎる。やはり、産業スパイかなにかだったのだろうか。

それとも、私が自分で捨てたのだろうか。そんなことはないはずだった。正体を知るために、テレビ局へ持ってゆくつもりだったのだから。しかし、いちおうアパートのまわりを調べてみた。寝ぼけていたとしたら、理屈は通用しない。正体不明のものがそばにある不安に、たえられなくなる場合もある。

ゴミ箱のなかにはなかった。また、近くの小さな空地まで足を伸ばしたが、埋めたあとさえなかった。もっと遠くへ捨てたのかもしれないが、入念に調べたらきりがない。管理人に聞いてもみたが、なにも気づかなかった、との答だった。

ふたたび部屋に帰り、クルコを眺めた。なにか関連があるのだろうか。

「クルコちゃん。きのうの機械はどうなったの」

「知らないわよ」

「知らないことはないでしょ。きのうは、たしかにここにあった」

「じつはね、クルコが持ち出したのよ」

「なぜ、そんなことをした。いったい、あの機械はなんだ」

「機械は機械よ。いま、クルコは忙しいのよ……」

そして、それ以上は答えなかった。いつものように要領をえなかったが、答えたくなさそうな感じが含まれていた。

クルコと機械になにか関連があったとしても、彼女からは聞き出せそうにない。しかし、本当にクルコが持ち出したのだろうか。ぐったりとしたこの人形が、ひとの寝しずまった夜半に力を得て立ちあがり、機械を運び出している光景は、あまり楽しいものではない。といって、心の影に操られた私が、それをやったとも考えたくない。

私は検討をいいかげんで打ち切り、だれかが持っていったのだろうと、平凡な判断を下した。のんびりと首をかしげてもいられない。私は何度も出入りしたあげくドアをしめ、テレビ局へと出かけた。

それから十日ほどは、時たま高まる解放への欲求の感情のほかは、べつに事件も起らなかった。無事と呼ぶべきなのだろうか。だが、飼育中の家畜がそうであるのと同じ形の無事なのではないだろうか。異変がはじまる以前の無事とは、本質的にちがっているのだ。

こんなことを考えながら、夜、机にむかっていると、音もなく、突然あたりが暗くなった。私は身を固くした。黒い気体にでも包まれたのかと思ったのだ。

しかし、黒い気体でも、盲目になったのでもなく、電灯が消えただけのことだった。ライターをつけ窓をあけると、よその家の灯は輝いている。停電ではなさそうだ。台所のスイッチに触れると、明るさがあたりに戻ってきた。電球がきれたらしい。

「なんだ、ばかばかしい……」

ほっとしながら私はつぶやき、苦笑いした。なにかあるとすぐ異変かとあわてたりして……。

このあいだまでは、異常なことに出会うたびに、それを平凡な現象に含めようとしていた。それが、いまでは逆になっているようだ。気疲れしているのだろう。自分では平気なつもりでいても、つまらないことで神経がさわぐ。一般の人の言う平穏無事とは、本質的にちがっているのだ。

買いおきの電球があったはずだと、押入れのなかをさがしてみた。電球はあり、それをつけかえると、すべてはもとの状態にもどった。

しかし、私はひたいに手を当てた。押入れの奥に紙の箱があった。あれになにを入れておいたのかと、ふと気になったのだ。考えてみたが、思い出せなかった。忘れっぽくもなってしまったのだろうか。

まあ、つまらないことで変に驚いたりしないことだな。私はその箱を出し、なかを見て目を丸くし、それから目をつぶった。驚くまいという決意が、たちまち遠くにいってしまったのだ。

そこには例の、レコーダーまがいの機械があった。いつか消えた機械が、また存在しはじめたごとくに。私は不気味なハチュウ類に対するように、こわごわそれにさわり、声に出して自分をなっとくさせようとした。

「あの時、なにげなく、ここに入れてしまったのだろう……」

だれにだって、ちょっと気軽に物をしまい、あとで思い出せなくなることがある。記憶の盲点にころがり込んだ例なのだ。そのたぐいだろう。それでは説明できない点もあった。しかしいまは頭を休めたかった。

私は睡眠薬とウイスキーを口にした。

ぐっすり眠り、つぎの日。明るい日光のもとで、あらためて眺めた。このあいだの機械にまちがいないようだ。ふたを外してみると、なかには各種の部品、アンテナらしきもの……。

あの時は外したつもりだったが、アンテナはくっついていた。これも記憶の盲点かな、と考えながら、私はカメラを出し、何枚か撮影した。べつに意味はなかった。フィルムが少し残っていたのを思い出しただけだった。それから私はフィルムを抜き、散歩がてら、駅のそばの写真屋に持っていって現像をたのんだ。

テレビ局へ出かけるついでのあったのは、それから三日後だった。だが、例の機械を持って行くことができなかった。出かける前に押入れをあけると、またも消えていたのだ。紙の箱とともに……。

心のどこかで、そうなるのではないかと予想はしていたが、なくなればやはり驚く。しかも私は、あれ以来、ドアや窓の鍵に神経質になっていたのだから、他人の侵入とは考えられない。しかし、ゆっくりしている時間はなかった。

谷恵子と録音を終え、私は彼女に言った。

「このあいだの機械のことだがね……」

「正体がわかったの……」

「わからない。つぎの日に消えてしまったんだ」

「まあ。取り戻しに来たのかしら」

「そうではなさそうだ。また現れたのだから」

「からかわないでよ。びっくりしたわ」

「ぼくだって、からかわれているような気分だ。そして、けさ、またもなくなった……」

と、私は経過をいちおう説明した。

「……というわけだ。この調子だと、いずれ出てくるかもしれない」

彼女はふしぎがりながら聞いていたが、

「なんだか、調べられるのを、いやがっているような感じね。それから、アンテナのことだけど、あの時はたしかに、手でもぎ取ったわよ。ネジで外したのではなかったわ」

「そうだったかな、よく覚えていないが」

「あたしは覚えているわ。手でさわって感電するんじゃないかと、心配したから。だけど、電池なら大丈夫なわけね」

「すると、だれが修理したんだろう」

「クルコちゃんかしら」

「クルコにできるわけがないから、ぼくが無意識にやったことになる。……とすると、心の底や精神の影という説も怪しくなるな。欲望や衝動が勝手にあらわれることはあるかもしれないが、身にそなわっていない技術までは、どうしようもないだろう。ネジ回しだけでは、もぎ取ったものをくっつけられない。海の魚が無意識のうちに陸を歩いてしまった、ということになる」

「それで、手がかりが残っていないというわけ……」

「いや、ないこともない。うまいことに、写真をとっておいた。現像ができたら、引き伸ばしてみよう。アンテナのくっつき方もわかるだろう。幻覚でなかった証明にもなる。電気の専門家に見せて調べてもらえる」

「そうね。なにかわかったら、知らせてちょうだい」

「ああ」

私は恵子と、次回の番組の打合せを簡単にやり、そして別れた。

帰りがけに、駅のそばの写真屋によった。だが、そこにも意外さがひそんでいた。

「できてるかい、このあいだのは」

と私が声をかけると、出てきた主人は、恐縮した様子でしゃべりはじめた。

「それが、その、まことに申しわけのないことになりました。いままで、こんなことはなかったのですが……」

「どうしたんだ」

「なくなってしまったのです」

「なくなったって……」

私の声は大きくなっていた。主人はそれを詰問《きつもん》ととったらしい。彼は頭をかき、

「じつは、燃やしてしまったのです。タバコにつけた火が、ついそれに移ってしまって。……商売柄、それだけはしないよう、つねに注意しているのですが、なぜか……」

「結局、あとかたもないわけか」

「はい。店の信用にかかわります。フィルム代はもちろんお払いしますし、おわびのしるしとして……」

主人は用意しておいたらしい封筒を差し出した。金が入っているのだろう。受け取らないと相手も困るかもしれないと思い、私はそれをポケットに入れた。

「とくに大事な記念撮影ではないから、そう気にすることはないよ。それより、なんでそんなことになったか、くわしく知りたいな」

「それが……」

主人の話は要領をえなかった。なぜかタバコが吸いたくなり、マッチをすった手が伸びて、そのフィルムに移ったらしい。うそではなさそうだった。偶然の事故なのだ

ろう。

フィルムを一巻きもらい、私は写真屋を出た。これ以上せめてもしようがない。だが、偶然の事故なのだろうか、必然の事故なのだろうか。その判定は下せなかったが、あの四角な機械に、なにか意志があるようにも思えてきた。私の注意をひきたいのだろうか、ひきたくないのだろうか。その判定も下せなかった。

アパートの入口で、管理人の奥さんが声をかけてきた。

「お仕事のほう、ずいぶんお忙しくなったようね」

「ええ、まあまあです」

「憑《つ》いていたクモが落ちたせいよ。よかったわね」

「おかげさまです……」

クモも落ちていず、異常はふえる一方だった。だが、お礼はいっておいたほうがいい。私は思いついて聞いてみた。

「……そうそう、四角い箱なんですが、見かけませんでしたかね。うっかりして捨ててしまったようなのです」

「泥棒かしら……」

彼女は顔をしかめた。立場上、すぐそれを連想したためだろう。

「いや、そうではないでしょう。鍵はかけてあったし、盗むのなら、もっと金目のものを選ぶはずですから」

「どんな箱ですの。金目でないにしても、なかみは……」

「紙の箱ですが、なかみもやはり、四角い箱型、機械のようなものです」

と、私は手で大きさを示した。彼女は考えこみ、ふしぎがりながらも、面白そうにつぶやいた。

「だけど、妙に箱に縁があるようね。いつだったかも、そんな夢の話をなさっていたでしょう。こんどは箱に憑かれたのかしら」

指摘されてみると、その通りだった。まえに夢のなかで、しだいに鮮明になってきた箱とは、このことだったのだろうか。たしかに、テープ・レコーダーとは外見が似ている。もちろん、単なる偶然の一致かもしれないが。

「べつに、そう貴重なものでもありませんから、どうでもいいんですよ……」

と、私が別れようとした時、彼女の表情に動きがあった。そして、思い出したような口調で言った。

「あら、あの箱に似ているわ」

「どの箱です。なにか心当りでも」

私は飛びつくように聞いたが、彼女は手を振りながら、

「ええ、でも、うちの場合はなくなったのじゃなくて、もらったのよ」

「なにが入っていましたか」

「さあ、それが……」

はっきりしなかったが、話はこうだった。そんな大きさの箱を、一週間ほど前に若い男が届けに来て、主人が受け取った。まもなくなくなったが、部屋の住人が留守の時に配達品を預かるのはよくあることなので、そのたぐいだろうと、あまり気にもとめなかったそうだ。

そのころというと、私が恵子とともに発見し、つぎの日に消えてしまってから、まもなくに当る。二度目の出現とつながりがあるのだろうか。

私がもっと事情を知りたいと言うと、彼女は主人を呼んでくれた。彼女とちがって、やせていて、あまり社交的でない六十歳ちかい男である。しかし、彼からもたいした答は得られなかった。いや、全然といったほうがいい。このことに関しては、記憶がすべて空白になっている形だった。直接の当事者でない奥さんのほうが、まだくわしかったほどだ。

彼が社交的でないためでも、年齢のせいでぼけたのでもなさそうだった。うそをつ

く理由も考えられない。首をかしげ、眉間《みけん》にしわを作り、思い出そうと努力しているのはたしかなのだが、だめらしかった。

その受け取った品を、合鍵《あいかぎ》を使って私の部屋をあけ、押入れに運び込んだのではないか、とも聞いてみた。しかし、その答も得られなかった。数日まえのテレビドラマの筋を、他人から聞き出そうとするのと同じような、手ごたえのなさだった。私はあきらめ、奥さんのほうを話し相手にした。

「どんな人でしたか、届けに来たのは」

「さあ、若い店員といった感じの……」

「ぼくの所へ来たのと似ています」

と、いくらか私も思い出した。

「そうだったわ。オートバイで運んで来たのよ」

「で、その番号か、書いてあった店の名前は見ませんでしたか」

「無理よ、それは。なにかを持ち出そうとしているのなら、いちおう注意したでしょうけど、届けに来たのですものね」

私はがっかりした。せっかくつながったと思えた糸も、たぐろうとしたとたん、ぷっつりと切れてしまった。しかし彼女は、希望のないこともない文句をつけ加えた。

「特徴はオートバイの音だわ。パタパタと変なうるさい音を響かせていたような気がするわ。もっとも、修理をすればなおってしまうでしょうけど……」

「どんな音ですか」

だが、それも無理な話だった。五十歳の女性に、機械的な音の口まねをしてもらっても、あまり参考にならない。

「もし見かけたら、お知らせしますわ。なぜそう気になさるのか知りませんが」

「お願いします」

糸は完全に切れたわけではなかった。しかし、特定の魚をつかまえるために、あてもなく広い海にたらした、一本の釣糸としてだった。


それから数日は、クルコと機械のことが頭からはなれなかった。クルコはおしゃべりをしないばかりか、呼びかけてもほとんど返事をしなかった。本当に忙しいのだろうか。でまかせとしたら、なんのために忙しいなどと言ったのだろうか。

また、クルコと関係があるのかどうかはっきりしないが、例の四角な機械。だまっていれば近よってくるし、よく調べようとすると逃げてしまう。その点、意味ありげな女性のようであり、すばらしい夢の記憶のようであり、自分に関するいいうわさのようでもあった。

時どき思いついて、部屋のなかを、くまなくさがしてもみた。また出現しているのではないかと考えたためだが、それはむだだった。

いまはどうしているのだろう。かつては不気味だったが、一種のなつかしさもわいてきた。あるいは、やはり近くにあるのでは……。理由もなく、そんな気がした。もしかしたら、となりの部屋の、目立たない場所に来ているのかもしれない。

しかし、たしかめる試みはやらないことにした。もちろん、となりの住人とは顔みしりであり、話しかけることは容易だ。問題はそのさき。「おたくの押入れに、一見してレコーダーのような装置が、運びこまれていないでしょうか」と聞くことはできない。相手になんと思われるだろう。

また、あったりしたらことだ。私がしのびこんで置いたのではないかと疑われてしまう。それを否定したら、渡してはくれまい。たとえそんな方法で箱をつかまえたとしても、いままでの例に従えば、防ぎようのないなんらかの手段で、またも姿を消してしまうにきまっている。そして、ふたたびべつな場所に、そっと出現するのだ。

箱の移動をつきとめるには、定期的にアパート内を、さらには近くの家を家探ししつづけなければならない。そんなことはとても不可能だ。「なぜ、そんな必要があるのです」と聞かれた場合、それは私にもわからないのだから。

また、ついでの時に増田屋にも寄ってみた。彼に異変を訴えたままで、そのごの報告をしないのは失礼になる。しかし、増田との話はちぐはぐだった。彼はそれに触れたがらない様子だった。あるいは忘れてしまったようにも思えた。商売と関係のないことだから、はじめから本気で聞いていなかったのか、覚えておこうとしなかったのかもしれない。あるいは、店が忙しすぎるのだろう。クルコのように……。

あまりしつっこく話しかけるのも変なので、私は適当に引きあげた。だが、彼がクルコの異変を忘れているのは気になった。忘却。管理人が箱に関して忘却しているのと似ていた。偶然と呼ぶこともできる。しかし、その偶然が寄り集って、一つの形をとりはじめているようだ。足あとを消しながら逃げる男のように、忘却の煙が立ちこめている。クルコと箱とは、忘却という膜でまもられているのだろうか……。

クルコと箱との、ただ一つの共通点だ。そう称するには、はなはだたよりないが……。

あの西田医師ならば、クルコの異変を忘れはしなかったろう。私は事故にあった彼のことを、ふと思った。それをきっかけに、いやな想像が心のなかにひろがった。死もまた忘却の一種だろう。いや、死こそ完全なる忘却。忘れることができない者は、死死を選べというのだろうか。すると私は、恵子は……。

なにか気が滅入《めい》りはじめた。底なしの沼に滑り落ちたようだった。あの四角な装置のことが、死の象徴とも思えてきた。いつか冗談に、お棺かもしれないと言ったことがあった。そうならないとも限らない。だまっているとしのび寄ってきて、調べようとするとかくれてしまう。死の前兆だって、そのような雰囲気を示すものではないだろうか。

だれかと、にぎやかに酒を飲みたくなった。恵子に電話をしたが留守だった。私はアパートを出てタクシーに乗り、久しぶりで〈ラルム〉に入った。そして、気ばらしに専念した。

グラスを重ね、日常的で現実的な話のうけ答えをしているうちに、いくらか気分の晴れまもでてきた。マダムの奈加子が言った。

「このところ、お見えにならなかったわね。お忙しかったの、それとも恋愛中……」

「そんなようなものだ」

クルコの口まねをしたが、これはマダムには通じない。彼女は私の顔を見ながら、

「どっちにしろ、頭を使う問題ね。疲れていらっしゃるようだわ。たまには、なにもかも忘れて遊ばなければ……」

「ああ、忘れてしまいたいよ」

本心を言葉にしたが、これも通じるはずはない。

「夜はよく眠れるの……。夢なんかはみない……」

「ああ、見なくなった。だが、夢をふっつり見なくなったというのも、変な気分だぜ」

「かもしれないわね。バーをやっていても、わけもなく繁盛《はんじょう》する日がつづくと、ちょっと変な気持ちになるわ。人間て勝手なものね」

「夢の悪魔が頭のなかに入りこみ、夢を外側に追い出したせいじゃないかと考えている。だから、世の中のすべてが、夢の世界のように思えるんだ。それとも、目玉が百八十度むきをかえ、頭の内側の幻を見ているのだろうか。いま飲んでいるこの酒は、幻じゃないのかな。そして、マダムは夢の女王にちがいない」

「妙なおせじねえ。それとも、手のこんだ作戦かな。幻の酒だから勘定を負けろとかいう……。ああ、テレビ台本の筋なの」

「そんなようなものだ」

「でも、あまり凝った話を考えようとすると、頭が疲れる一方よ。きょうのところは元気回復を目標にすべきね」

「ああ、そのつもりだ」

勝敗に関係なくピンポンの球を打ちあっているような会話をつづけると、心の筋肉もやがてほぐれていった。バーのマダムには、精神のマッサージ師としての能力がある。完全にとはいえないが、帰宅して眠りにつける程度の酔い心地になることはできた。


寝床のなかでうつらうつらしていると、管理人の奥さんが知らせに来た。

「わかりましたよ。ほら、いつかのオートバイ」

私はすっかり目がさめた。期待しないでいた釣糸に、反応があったのだ。

「それはありがたい。で、どうわかったのです」

「きのうの夕方、買物に出た時、特徴のある音を聞き、あ、いつかのだと思い出したわけよ。乗ってた男も、たぶんあの時の人だわ。オートバイに書いてある名前を覚えときましたわ」

「どこのでしたか」

「野口電機、この近くにある小さな町工場よ」

「お手数をかけました。これから調べに行ってきます。おたくのご主人になぜ箱を届けたかも、わかったらご報告しますよ」

　私は彼女から、その道順を聞き、さっそく出かけてみた。安物の板塀、トタン屋根、門のなかのせまい場所には、小型トラックがきゅうくつそうに入れてある。工作機械のガタガタいう響きが、奥のほうからせわしげに伝わってくる。よくある町工場だった。

　ちょっと考えてから、私は主人に会うことにした。手のこんだ計画をたてることもない。とりついでもらうと、六畳ほどの洋間に案内された。飾りけのない部屋。伝票などののった机があり、それにすわっているのが主人だった。正しくは社長なのだろうが、主人といったほうがぴったりする。五十ぐらいの、努力家タイプの男だった。私は名刺を出し、質問に入った。

「とつぜん、つかぬことをうかがいますが、先日、電気関係の装置を届けていただきましたが、まちがいではないでしょうか」

　主人の野口は、私の名刺を眼鏡をかけて見つめながら、

「どんな装置でしょうか」

「性能はわかりませんが、四角くて、コイルのような部品や、電池がつまっていて……」

「いまお持ちでしょうか……」

「いや、二回も届けられて、二回ともだれかに持ち去られました。産業スパイでしょうか」

と、私は少し笑った。頭が変だと思われないために。だが、野口はまじめだった。苦労人なのだろうか。

「産業スパイの出入りするような工場にしたいものです。ごらんの通りですよ。それは、なにかのまちがいでしょう」

「いや、たしかに受け取りました」

「そんなはずはありません。うちは注文をうけ、電気関係の品を作っていますが、外側のボディだけです。その納入が専門です。なかに部品をつめこみ、製品とする作業はやっておりません」

「そうでしたか……」

私はふしぎがった。野口は親切にも資材の係を呼び、たしかめてくれた。係の女の子は言った。

「そんな注文は受けたことがありません。だけど、資材がほんの少しなくなったことが最近ありましたわ。みなさんに聞いても、だれも知らないそうですし、少量ですからそのまま処理し、ご報告はしませんでした」

彼女はこれを機会に、野口にあやまっていた。私はその話を延長させ、野口に聞いた。

「外部からだれかが持ちこみ、それにあわせて箱を作ったのでは……」

「工員が知りあいにたのまれ、内職的になにか作ることは、考えられないでもありませんが、まあ無理でしょう。まわりの口がうるさいですからね」

その時、オートバイの音を聞いた。特徴のある音だった。乗ってきた男を見ると思い出した。私の部屋を訪れた若者だった。私は彼を指さしてたのんだ。

「あの人が届けてくれたのです。聞いていただけませんか」

野口は彼を呼び、たしかめた。しかし、やはりむだだった。私を忘れてしまったらしい。忘却はここにも及んでいるのだろうか。野口は私に補足した。

「この男は田舎の親戚《しんせき》からたのまれた者で、まじめなことはわたしが保証します。たまには、まちがいをするほどの才覚があればいいのですが」

はじめてユーモアじみた文句を野口が口にした。私はあきらめ、お礼と別れのあいさつをのべた。釣糸をたぐってみたら、なにもついていなかったのだ。魚にくいちぎられていた形だった。

いったい、あの装置はどこで作られたのだろう。存在したからには、だれかが設計し、部品を集め、組立てたことにまちがいない。その指示をしたのはだれで、なんのために……。依然として私は出発点にいる。ベルトの上を、その進む速度と同じに、逆に歩いているかのようだ。

その目に見えぬ、扱いにくい敵は、忘却というペンキの缶を持っている。野口電機の十数名の工員ひとりひとりに聞いてまわり、その消し残された記憶の断片を拾い集めれば、部品の出所ぐらいはわかるかもしれない。

しかし、その部品も複雑で、数多くの集りだ。製品は一つでも、分解したらいくつになるだろう。海にそそぐ河口に立っている気分だった。水のもとをさぐろうとしても、多くの支流、そのさきの小川、さらにそのさきの泉、雨……。その一つ一つを当るには、無限の時間が必要なのだ。それでもわかればまだいい。調べるはじから流れが変るかもしれないし、忘却という地下水の流れが控えてもいるだろう。

また、完全に調べつくしたとしても、満足な答が得られるという保証もない。もっとべつな、ちがった面からとりかかるべきなのかもしれない。

なにがどうなっているのだろう。濃い煙のなかに、ひとり置かれているのにも似ていた。まわりでなにかが進行しているのに、それが少しもわからない。この煙の消えることがあるのだろうか……。私は精神的な焦《あせ》りを負いながら、それを押えて仕事をつづけなければならなかった。

そして、ある日。私は一通の手紙を受け取った。西田医院からだ。新しい医師を得て、再開することになったあいさつ状だった。あとのほうに、おたずねしたいことがあるので、おいで下さい、と書き加えてあった。

## 6

部屋のすみの小さな椅子《いす》にかけさせてあるクルコにむかって、私はそっと話しかけた。

「クルコちゃん、そのごはどうだい」

頭にはげのある人は、ひとりになると時どき、そこに手を当ててみるものだ。もちろん、あきらめ、気にしまいと努めている個所だ。しかし、なにか奇跡的な原因で、ふいに髪がはえかけることもあるのでは、とのはかない期待を押えきれない。だが、それもむなしく、奇跡はおこらないことを確認するだけにとどまってしまう。私がクルコに呼びかけてみたくなるのも、ちょうどそれに似ているようだ。

「元気なものよ。だけど、そう話しかけないでよ。こんなはずじゃなかったわ」

と、クルコは答え、私はその語尾をとらえた。

「それなら、どんなはずだったのだ」

「そんなことは、どうだっていいじゃないの。あたし、忙しいのよ。じゃましないでよ」

依然として、いつもと変りなかった。

「まあ、そう怒ることもないじゃないか」

「だめよ。あたしには、しなければならないことがあるんですもの」

「いったい、なんだ。たのむから教えてくれないか」

「いまにわかるわよ。面白いことがおこるわ」

とクルコは答え、そして黙った。だが、面白いことといっても、それを額面どおりには信用できない。いまの声に、軽蔑《けいべつ》めいた響きの含まれていることが、はっきりと感じられた。

私はうんざりした。あてはなかったが、気晴らしに散歩でもしようと考え、部屋を出た。

歩きながら、タバコを吸おうとしてポケットをさぐった。その時、指先きになにかが触れた。出してみると、先日配達された西田医院からの手紙だった。そうだ。ついでだから、これから寄ってみることにしよう。解決の鍵《かぎ》が得られるかもしれない。おそらくはだめだろうが……。

医院の新しい後継者は女医だった。三十五歳ぐらいだろうか。美人ではなかったが、頭はよさそうで、どことなく死んだ西田医師に似ていた。私はあいさつ代りに言った。

「お父さまが事故でなくなられ、おくやみ申しあげます」

「あたしは姪《めい》ですわ……」

彼女はてきぱきした口調で説明してくれた。名は水沢葉子、いままである大病院に勤めていたが、伯父が死んだため、遺族からこの医院をまかされることになった、と。話のようすでは、まだ独身らしく、活発な性格はそのせいかもしれなかった。私もそれにつられ、気軽に聞いた。

「そうでしたか。で、腕前のほうは大丈夫なんでしょうね、先生」

「大丈夫よ。手におえなそうな場合には、いままでいた病院に連絡し、そこの専門の先生にお任せすることになっているから」

「それで安心しましたよ。ところで、わざわざ手紙を下さったわけは……」

「カルテをひと通り調べてみたら、あなたのに印がついていたからなのよ。なにか、こみいった症状の患者を示すマークのように思えたので……」

と水沢女医は書類の肩に記された、赤い二重丸を私に見せた。

「ええ、こみいっていることはたしかです。その点は保証しますよ」

「お話ししていただけませんか。カルテでは簡単すぎます」

「ええ……」

西田医師の事故死のことが、不吉に心に浮かばないでもなかったが、口をつぐみ通すべきだと信ずる根拠もないのだ。私はあらましを説明した。クルコの異変、それと関連があるのかどうかはわからないが、レコーダー型の機械の出現、それがまき散らしているとしか思えない忘却現象のことも……。

彼女は鉛筆を自分の口のあたりに当て、うなずきながら聞いていたが、

「たしかに複雑な症状ね。現象と呼ぶべきなのかしら。とても興味はひかれるんですけど、あたしの手にはおえそうにないわ。専門の先生をご紹介したほうがよさそうね。たとえば、アパートの管理人が、預かった箱型のものについてすっかり忘れていたこと。そのことだけを取りあげれば、その人のちょっとした記憶の喪失と説明できそうですけど……」

彼女は理性的な判断を下した。だが、私としてはそう理性的に割り切れない。その

指示に従ったほうがいいのは当然なのだが、親しみのない、はじめての大病院へ行き、そこで官僚的かもしれない医師たちに精神病患者としていじられるのを想像すると、どうも気が進まなかった。しばらく考えたあげく、私は言った。

「どうでしょう。まず管理人を診察していただくわけにはいきませんか。それがぼくと関係ないとわかれば、問題は簡単になるんじゃないかと思いますが」

「けっこうですわ。そのかたに、ここへ来ていただけるのなら」

「すぐに呼びましょう。忙しいこともないはずです」

私は電話をかり、アパートにかけた。物忘れの薬を処方してくれるそうです、とでも伝えれば、出かけてきてくれるだろう。しかし、電話に出た奥さんはこう答えた。

「あら、たったいま出かけてしまいましたわ」

「どちらへ」と聞くと、

「さあ、いつもなら行先を告げて出かける習慣なんですけど……なにかを思いついた様子で、急いで出かけましたわ」

「そうでしたか」

と、私はがっかりして電話を切らなければならなかった。これもまた、なにかの一致なのだろうか。私は水沢女医に報告した。

「留守でしたよ。こんなことは少ないんですが」

「じゃあ、きょうは仕方ないわね。あなたの病状は特に急性とも思えないようですから、ゆっくり診察することにしましょうか。さしあたりビタミンの注射をしておきましょう」

ビタミンとは平凡だ。そんなもので対抗できる事態とは思えない。気休めのようなものだろう。女性としては年配でも、医者としては若いんだな。だが、そんな不満におかまいなく、彼女はなれた手つきでアンプルを切り、その液を私の腕に注射した。痛かった。

シャツのそでを戻し、服を着て、私は帰ることにした。

「では、また……」

「ちょっとお待ちになって。いま、飲み薬をさしあげますから」

と、水沢女医にひきとめられ、立ちあがりかけた私は、また椅子に腰をおろした。

その時、なぜか少し気分が悪くなってきた。いや、悪いというより、違和感といったほうがいいだろうか。だるいような、眠いような、ぼんやりとした……。

いやな予感めいたものが頭を横切りかけたが、それもすぐに薄れた。覚えているのは、目を輝かした彼女が、私のからだを支えたところまで……。

深い海の底から浮かびあがるような気分で、夕ぐれの星が光を増しはじめるような気分で、私の意識がよみがえってきた。死ぬのではなかった。しかし、目を開くのは不安でもあった。

病院の専門医を訪れたがらないのを察して、彼女がなにか細工をしたのだろうか。そして、容易に退院できない病室へ移されたのだろうか。あるいは、もっと悪く、想像もしなかった場所に運ばれてしまったのかもしれない……。

だが、早く周囲を知りたい欲求のほうが強く、私は指でこすりながら目をあけた。そして、ほっとした。さっきと同じ場所で、私はすみの長椅子に横たわっている。のぞきこむように、そばに立っているのは水沢女医。心配そうな表情をしていた。

やはり、単なるなにかだったのだろう。ビタミンの注射液が体質に合わなかった、とかいうたぐいの。私は身をおこしながら言った。

「どうもご迷惑をおかけしました。ふいに目まいがして……」

だが、彼女の答はわけがわからないものだった。

「それでいいのよ。目まいや発作じゃなかったのですから」

「というと」

「じつはね、ビタミンじゃなかったのよ……」

彼女は聞きなれぬ文句を口にした。

「なんなのです、それは」

「自白剤という薬の名をお聞きになったことはおありでしょう。その新薬を試験用にもらい、持っていることを思い出したのよ」

「それを注射したのですか。むちゃな話だ」

私は腹をたてた。よくは知らないが、この種の診断を行なうには、本人の承諾を得る必要があるのではないだろうか。無制限に許されていいはずがない。いくら新米の、女性の院長としても、いささか手荒らすぎる。

それに対し、彼女はすなおに謝罪した。

「ごめんなさい。むちゃなことは知っていましたけど、興味があったからよ。それに、重大なことがおこりかけているのではないかと思えてならなかったの。非常手段を採用したのは許していただきたいわ」

「それで……」

と、私はうながした。不平がおさまったわけではなかったが、どうされたのかも知りたかった。彼女は複雑な顔つきで言った。

「結論は少し得られたわ。いいえ、結論と呼んでいいのかどうか、かえってわからなくなってしまった形ですけど」

「なにかしゃべったのですね、ぼくが」

「ええ、そこにあるわ。お知りになりたい……」

彼女が指さした机の上の品を見て、私は身ぶるいした。四角な装置が置いてある。ここにも出現したのだろうか、例の機械が。

「なんで、あの機械がここに……」

「あら、さっきのお話の機械って、こんな感じのものなのですの。でも、これはただのレコーダーよ」

そう言われて見なおすと、それにちがいなかった。正体不明の箱にとりつかれていると、似たものを見ると、すぐに連想してしまう。彼女はこれを使い、意識を失っているあいだの私との会話を録音したのだった。

私はそれを横目で眺めた。解明への手がかりを知りたいという好奇心、それに直面することへの不安。テープ・レコーダーは、その二つを秘めて存在していた。

彼女は弁解を補足した。

「べつに、個人的な秘密まで聞き出したのでは、決してございませんから……」

「それを聞いてみましょう」

私は決心を口にした。好奇心が勝ちを占めた。また、へんな質問はしなかったという、彼女の言葉をたしかめるためにも。

水沢女医の指はスイッチを押した。活気を得て、テープは静かにまわりはじめた。サイフォンを流れる水のように、蚕の吐く糸のように……。

「……さあ、クルコちゃん。聞こえますね。質問に答えるんですよ」

と、レコーダーはまず、水沢女医の声を再生した。彼女は私をではなく、クルコのほうを調べようと試みたらしい。そのあいだにどんな差異があるのかはわからないが……。

「なによ」

と、クルコの声。つづいて、女医の質問。

「いつだったか、バスや電車のなかで、ふいに声をあげ、さわぎを起したことがあったでしょう」

「あれは、あの時だけよ。もうやらないわ」

「なんのためにやったの。それを話してちょうだい」

「ちょっと、試してみただけのことよ。人間というものが、どんな反応を示すかを……」

クルコは答えたくなさそうだったが、女医の声は容赦をしなかった。

「なんで、そんなことをする必要があるの。いまさら人間を調べるなんて……」

「あたしが夢のお国からやってきた妖精《ようせい》だからよ」

「そんないいかげんな説明ではいけないわ。あなたは正直に答えるのよ。うそをついたり、ごまかしたりしないで。いいわね」女医は念を押したあと「それでは、アパートのご主人の物忘れは、あなたと関係があることなの、どうなの」

と、具体的な件に焦点をしぼった。もっと第一の質問を追及してくれればいいのに、と私は思ったが、そうもいかないのだろう。クルコは言った。

「そうよ。あたしが指令して、忘れてもらったのよ。どう説明したらいいのかわからないけど、夢のなかに現れて暗示をかけた、とでもいった形でね」

「本当なんでしょうね。信じられないわ。でも、なぜそんなことを……」

「やってもらったことを、知られたくないからよ」

「やってもらった、というと……、会って、なにかをたのんだというわけね」

「いちいち会ったり、話したりするような、手間のかかる方法を使う必要なんかないわ」

「とすると、言葉によらないで意思を伝える方法、テレパシーを使ったというのね」

「そう呼んでもいいわ。はじめは人間に、そんな能力があるとは思わなかったわ。だから、ひとりひとり眠っている人びとに話しかけ、それで仲間をふやさなければならないのかと考えて、管理人の奥さんや増田さんに試みてみたわけよ。だけど、そのうち人間にもその能力のあることがわかったわ。だれもそれに気がつかないでいるんだから、宝の持ちぐされのようなものね」

「テレパシーが存在するなんて……」

「だけど、あるといっても、ほんの少し。お話にならないくらいだわ。だから、遠くへ指令を伝える時には、途中の人びとで中継しなければならないわけよ。でも、これでずっと仕事がやりやすくなったわ」

クルコの意外な話に、水沢女医はつぎになにを聞いたものか迷ってしまったらしい。しばらくの沈黙のあと、

「仕事って、どんな……」

「それはね……」

クルコは言いたくなさそうな口調だった。女医は、答えやすくするためか、また具

体的な質問に変えた。

「四角な機械を作らせたことでしょう」

「ええ」

「つまり、人びとのテレパシーの中継連絡で指令を伝え、機械を組立てさせた。そのあとで、それに関する記憶を消したのね」

「ええ。その前にまず、必要な知識をほうぼうから集めたけど……」

「知識を集め、作業をさせ、あとで忘れさせる組織網を作ったわけね。……そんなことが、できるものかしら」

と、あきれたように女医はつぶやいた。

「人間の脳って、その二割ぐらいしか使われていないじゃないの。余分なほうを貸してもらったのよ。わかりやすくいえば、その残りの部分に、あたしの子分たちを、それぞれ配置させてもらったという形ね。こういう能率的なことができるのに、わざわざ好んで混乱した生活をしているんだから、人間ってばかねえ。あたしが最初に感じた通りだわ。やはり低級よ」

「低級なことは、よくわかっているわよ。さあ、つぎの質問。あの機械はなんなの。なんの目的で作って、そばに運ばせたの」

「それは……」

　と、クルコは口を濁した。答えることに、なんとかして抵抗しようとしている感じだった。だがそれもできないのか、低い声で言った。

「……連絡の機械よ」

「おかしいじゃないの。テレパシーとやらで、つぎつぎと中継すればすむじゃないの。わざわざ連絡機を作るなんて、理屈にあわないわ」

「それがだめなのよ。テレパシーの連絡網ではだめな場所……。人間って低級ねえ……」

　クルコはまた、答えまいと努力し、それが成功しそうな口調になった。それとも、薬の効力が薄れかけてきたのだろうか。だが、女医は質問をつづけた。

「さっきから、作業や指令の組織網のお話がでているけど、その中心はどこにあるの。だれが命令しているの」

「中心はあたしよ。すべては、あたしという本部から出ているんだわ」

「とても信じられないわ。さらにその奥に、あるいは別にだか知らないけど、本当の本部があるんじゃないかしら……」

「そうよ」

その時、水沢女医は思いついたように聞いた。

「あ、あの機械は、そこと連絡をとるためのものね。そうでしょう」

「そんなようなことね……」

久しぶりで、クルコの口癖が出た。答えることに対する抵抗を、やっとなしとげたらしかった。そのためか、

「どこなの、そこは。こんな計画の目的はなんなの」

と女医は勢いこんで声を高めたが、クルコはもはや口をきかなかった。テープはしばらくのあいだ、静かさだけを再生しつづけて回転した。しかし、その沈黙を破るように、レコーダーは電話のベルを響かせた。となりの部屋ででも鳴ったのだろうか。

「クルコちゃん。さあ、正直に答えるのよ。これからあなたは、決してうそをついてはいけませんよ。質問に対しては、ええ、いいえ、で正確に返答をするのです……」

女医は指示を与えるかのように、厳粛な口調で告げた。

「ええ……」

クルコはいやいやながらの様子で、ゆっくりと言った。

「では……」

と、女医がなにかを言いかけた時、予想もしなかった音が、レコーダーからあふれ

出してきた。激しくガラスの割れる音。子供のさわぐ声。廊下の足音。ドアを勢いよくノックする響き、物音はさわがしくなる一方だった……。

水沢女医はスイッチを切り、レコーダーを止めて言った。

「これでおしまいですわ」

私の動悸《どうき》はいつのまにか高くなって、ひたいから冷汗の粒を押し出していた。なんと言ったものか見当もつかなかった。だが、まず口から出たのは不満の文句だった。

「なぜ終りにしたのです。せっかく、これからというところだったのに」

「それは、あたしも知りたかったわ。だからこそ、あらためてうそをつかないように暗示を与えたのですわ。でも、お聞きになったでしょう。録音で……」

と、彼女は窓を指さした。ガラスが割れていて、床にはその破片と石ころが散っていた。しかし、さわがしさの名残りはなかった。

「なにがあったのです」

「電話が鳴りはじめ、それから、石が飛びこんできましたの。きっと、子供のいたずらでしょう。と同時に、急患のようなさわぎ。そのため、いちおう中止することにしたのですわ。ですけど、鳴りつづける電話に出てみると、相手はそのまま切り、いたずらっ子は逃げてしまった。それから、ドアをあけてみると、だれもいない。急患をかつぎ込んだものの、院長がかわったことに気づき、もっと腕のいい先生のところへと気を変えたのでしょうか。なにしろ、キツネにつままれたようだったわ」

「偶然にしては一致しすぎている。なにかの妨害のような感じがしませんでしたか」

「ええ、あたしもそんな気がしましたわ。注射を追加し、質問を続行するのをなんとか妨げるため、指令網とやらを動員したのではないかと……」

彼女は録音された会話のなかにあった文句を引用した。私は身を乗り出し、

「とすると、先生もいまのテープの内容をお信じになったわけですね」

「ええ。はじめにうかがったお話だけでは、虚言癖あるいは性格の異常だろうと思いましたわ。でも、うそでないことはテープでたしかめられ、事実とも結びついているのですもの。もっとも、むりに診断を下せば、あなたが身辺の解決のつかないばらばらの事件を、空想でつなぎあわせ、ひとつの論理的な世界を築いてしまったと言えないこともありません。このテープをほかの先生に聞いていただけば、そうおっしゃることでしょう。だけど、最後の妨害のこと。これを合理的に説明するには、あたしまで異常でなくてはならなくなります」

「信じていただけたことを、喜んでいいのかどうかわかりませんが……いったい、先

生、どこがどうなっているのでしょう」

「あなたひとりを狂気と診断し、それで片づくのなら簡単ですわ。あたしたち二人の狂気ですむのでも、まだいいでしょう。さらに、世の中のすべてが狂いかけているとで説明がつくのでも、いいほうでしょう。なにか、それ以上の異変が進行しかけているとしか思えません……」

私たちはテープを巻きもどし、もう一回聞きなおした。そして、内容をまとめてみることにした。私がクルコに直接質問するのだったら、もっとべつな形になったろうが、女医が話の進行によって適当な会話をしたため、まだるっこしい部分のあるのは仕方なかった。

まず、なにごとかが私の内部におこった。

つぎに、私なるものが環境のなかで、どんな状態にあるかを調べた。クルコの勝手なおしゃべりがそれに相当するらしい。

第三に、他へ拡大するための連絡法の試験をした。やがて、人間にテレパシーの能力のあることを知り、それによって情報と作業の組織を作った。いつだったか、クルコに予言をやらせ、的中したことがあった。あれは未来を予知したのでも、まぐれ当りでもなく、この組織の力の試運転だったのかもしれない。あの時は考えてもみなかったが、予言が実現するには、その場になってその事件を起すという方法もあったようだ。審判に変な判定をやらせ、選手に興奮した抗議をやらせることができれば、さわぎにも発展するだろう。

第四に、その結果として四角な装置が作られ、私の近くに運ばれた。連絡のための機械らしいが、どこへつながっているかは不明。これに関しては秘密にしたいらしく、忘却によっておおいかくされている。

いままで進行してきたプログラムは、ほぼこんなぐあいと思われた。だが、煙のかなたにかすんでいる部分のほうが、はるかに多い。私はタバコに火をつけながら言った。

「録音の内容をいちおう信用するとしても、矛盾もひそんでいるようですよ。強力な組織網を作れるのなら、なにも忘却という手数のかかる方法を使う必要はないわけでしょう」

「組織網にどこか限界があるのかもしれないわ。範囲だか、広げる速度だか、ほかのなにかの点で……」

そうかもしれない。だが、そんなことはどうでもよかった。最も知りたいのは、この一連の現象の原因、そして目的なのだ。しかし、それはもう少しというところで聞きそこなっている。

「なぜ、ぼくにこんなことが発生したのでしょう。また、忘却という手段が、なぜぼくに及ばないんでしょう。秘密にしたいのなら、忘れさせてくれればいい。これではまるで、ぼくを苦しめるのが目的としか思えない」

私は詰問《きつもん》めいた口調で言った。水沢女医を責める筋合いでないことは、よくわかっているのだが。

「だれかにとりつかなければならず、それがたまたまあなただったということじゃないのかしら。ファウル・ボールの当ったスタンドのお客のように。あなたでなく、ほかのひとの身におこれば、もっとスムースに進行していたのかもしれないわ」

「そういえば、こんなはずじゃなかったとクルコが言ったことがありましたよ。ほかのひとだったら、どうだったのでしょう」

彼女も首をかしげていたが、こんな仮定を述べた。

「ご当人にも気づかれることなく、計画が進行したのじゃないかしら。しかし、あなたが腹話術師であった。それで、夢で見た四角な装置をレコーダーとかんちがいし、本来ならひそんだままでいられたものを、表面に呼び出してしまったと考えられないこともないわ」

「かもしれませんね。だが、そうしたいのなら、忘却させればすむわけでしょう。なぜ、ぼくにそれをしないんでしょう」

「できれば、そうしたいんじゃないかしら。だけど、第二のあなた、……かりにこう呼ぶことにしますわ……、あなたが第二のあなたに、催眠状態で呼びかけ、目ざめさせたような状態になってしまった。催眠術とは野球なんかとちがって、術者と被術者とが攻守交代してはやりにくいものなのよ。だから、あなたにだけは忘却がきかず、手こずっているのでしょう」

「そういえば、そんな風にも思えます。つまり、初対面の人となにかのきっかけで格付けのようなものができてしまうと、なかなか頭があがらなくなるのにも似ていますね」

私たちは仮定を検討しあった。新聞にのっている連載小説の一回分、それだけを読んで物語の全部を想像しようと努めるのと同じことだろう。

そのうち、私はかつて考えた不吉な予想を思い出したが、黙っているべきではなさそうだった。

「もしかしたら、西田先生のなくなられたのにも関連が……。事情の重大さに感づき、それを忘却させることができなかったからでは」

「そうでないとは言えないようですわ。だけど、そう気になさることはありませんわ。だったとしても、あなたの責任ではありませんもの。伝染病の患者の手当てをしているうちに、自分も感染したとしても、それは医者としてやむをえないことですわ。……それに、もうすんだことですもの」

水沢女医は私を責めなかった。医者としての心構えからなのか、死んだのが父でなく伯父だからなのか、想像の段階だからなのかはわからなかったが、私の気はいくらか休まった。だが、この懸念《けねん》に終止符が打たれたわけではなかった。

「すんだこと、とは言いきれないでしょう。天知る、地知る、われ知る、なんじ知る、とかいうことわざがありますよ」

「あなたは大丈夫だと思いますわ。本部なのですから。そして、いままでの経過からみて、その本部は他人への移動が不可能のようですし」

「しかし、先生のほうは……」

彼女はしばらく考えてから、自分にも言いきかせるような、はっきりした口調で、

「あたしが知ってしまったというのも、すんでしまったことですわ」

私はたのもしさを感じたが、単なる強がりではないのかとの不安も残った。

「しかし……」

「あたしを忘れさせにかかるか、ほかのどんな手にでてくるかはわかりませんわ。だけど、できるだけの注意と対策とをやってみることにしますわ」

そうはいっても、相手はひとすじなわでは対抗できそうにない存在だ。私への激励にすぎないのではないだろうか。

「どんな対策があるのでしょう。まさか、脳を手術して、その遊休部分を切り取ってしまうのでは……」

「そんなことはしないわ」

「でも、ほかにちょっと考えられないでしょう」

「うまくゆくとは、もちろん断定できないけど、さっきの会話の録音から、自白剤が第二のあなたにも効果があったようです。それならば、もう一回それを用い、クルコちゃんに暗示をかけ、その陰謀を中止させることができるのじゃないかしら。同時に、やっかいな症状も消えるでしょう。そのまえに、なるべく計画の全貌《ぜんぼう》を聞き出してみるつもりですけど……」

「できればね……。きょうはクルコが油断をしていたため、この程度までできたのかもしれませんよ。二度目はどうでしょうか……」

私は名案であることを認めはしたが、全面的に信頼することはできなかった。その方法で簡単におさまっていてくれればいいのだが。

「だけど、手をこまねいているだけでは、どうしようもないわ。やってみることよ。あらゆる療法を試みるのが医者の義務だけど、それを受けるのは患者の義務よ。あたしも、それまでにいろいろと検討しておきますから、近いうちに、もう一度おいで下さい」

と、水沢女医は活発な口調にもどった。

「こんどは妨害されないように、部屋に錠でもつけておいて下さい……」

私も少し明るい気分になれた。彼女の言う通り、行為がなければ結果は得られない。あいさつをして、私は医院を出た。訪れた時と、帰る時とでは、街の光景がまるでちがったように感じられた。もし透視する能力をふいにさずかったとしたら、その時はこんな気分になるのではないだろうか。

だれにも気づかれることなく、人びとの裏側の部分で、ひそかに第二の社会が作られつつある。影の世界と呼べるかもしれない。そして、その本部は私なのだ。ということは……。

「おれは世界の王だ……」

と、私はつぶやいていた。

朝、目がさめてみると、世の人気者になっていたという例は、現代にないことはない。また童話には、田舎で貧しく暮していると、ある日のこと都から使者がきて、王位の継承者であることを告げる、という話があったようだ。しかし、気がついてみると、自分が世界の王だったという物語は、まだ読んだことがない。どんなほら話にもない。よく雑誌には、いろいろなアンケートの特集がある。それにも「もしあなたが世界の王になれたら、どんな感想を持ち、なにをなさいますか」というたぐいはなかったようだ。雑誌社の企画部には着想の鋭い人が集っているらしいが、これはかりは思いつかないのだろう。

常識のある人なら、そんなことの頭に浮かぶわけがないのだ。これを考え出せるのは、狂った人間の頭だけ。外国にはナポレオン妄想という症状があるらしく、そんな漫画を見たことがある。全快した患者が医者にむかって、「このあいだまではヨーロッパの支配者だったのに、なぜ一臣民に格下げをした」と文句をつけている絵だった。しかし、漫画にも世界の大王と主張する人物はなかったようだ。狂気においても、ナポレオン程度でがまんするという遠慮深さは消えないのだろうか。

私はいまのつぶやきを、だれにも聞かれなくてよかった、と首をすくめた。もし、聞かれたとしたら……。

いや、その心配はいらないのではないだろうか。なにしろ、行きかう人びとは、みな私の臣下なのだから。

妄想ではなく、事実、世界の帝王なのだ。人類はじまって以来、どんなに実力と幸運に恵まれた英雄をもってしても、なしとげられなかったことだ。いつだったか、易者に「ごたごたに巻きこまれます。危害でも、盗難でもないなにかに……」と言われたことがあった。半分は当り、半分は不明だった。むりもないことだ。それが即位とは……。

私は奇妙な気分を、心のなかでもてあそびながら歩いた。多くの人とすれちがったが、だれも王さまのお通りとは気がつかない。もちろん、腰をかがめて「ご感想は」と問いかけてくる者もない。たとえあったとしても、感想を述べようがなかった。

栄光、権威、偉大さなどといった気分など、ひとかけらもない。王位についてはいるものの、実力によって得たのではないのだから。なにものともしれぬ黒幕があり、その力でなった傀儡《かいらい》の王。そして、自分がどう利用されているのかもわからない暗愚な王なのだ。自分の臣民、つまり、人類を裏切り、どこかに売り渡す陰謀に手を貸しているのかもしれない。

世界の王とはいっても、世界一なさけない王なのだ。

私は酒屋に寄り、ウイスキーを買うことにした。どうせ今夜は、酔いでもしなければどうしようもないだろう。この気ちがいじみた事態をはっきり実感するには、頭に酒を加える必要がある。よく酔っぱらいが、「おれはえらいんだ」と、どなる光景を見る。その心境まで酔えれば、いまの事態を理解しやすくなるかもしれない。なにしろ、すべてが普通とは逆なのだ。

私は代金を払った。ウイスキーの一本ぐらい献上してくれてもいいだろうに、酒屋の主人はそんなそぶりを、少しも示してくれなかったのだ。彼は忠良な臣民ではないのだろうか。王への反逆をたくらむ危険分子なのだろうか。忘却だの妨害だのの現象があるからには、敵とも呼べる存在を察することができる。

敵。なにが敵で、なにが味方なのかも混乱していた。王位の象徴のごとき四角な箱、それを私のそばに運んでくれた野口電機の若い男、アパートの管理人などは、味方である敵なのであろう。そして妨害を覚悟しながら治療を試みようとする、女医の水沢葉子は敵である味方と呼べそうだ。

その見わけ方もわからないのだ。臣民の数すら知らない王なのだ。おそらく、数は限りなくふえつつあるのだろう。目に見えずに膨脹《ぼうちょう》しつづけている……。

いつもは簡単な数値として扱っている円周率。だが、その切り捨てたしっぽを引っぱると、不規則で限りない数字の列が出てくるのだ。ふとこれを考えると、抽象的な恐怖を感じることがある。そのしっぽのむこうの端、暗黒の果てに立って嘲笑《ちょうしょう》しているやつがいるような気がしてならないのだ。

いまの気分も、どことなくそれに似ていた。

私は頭を振り、迷路に入りかけた思考をもどすために、手にさげている酒に注意を移した。すべてを単純に割り切ることにしよう。今夜はこれを、お祝いの気分で飲むのだ。

即位のお祝い、そしてまた、遠からず退位できそうな見通しのたったことへのお祝いだ。水沢女医の療法は、おそらくうまくゆくのではないだろうか。なんとなく、そんな気がした。となると、私の王朝も短いものだ。心残りのないよう、王さま気分を味わっておかなくては……。

アパートへ戻り、部屋のドアをしめてから、ひとりで叫んだ。

「さあ、世界の王のご帰城だぞ」

だが、部屋のなかはいつもと同じ。世界の王の宮殿には、あまりふさわしいものではなかった。また、出迎える家臣すらない。……いや、そうではなかった。

「おかえりあそばせ」

　クルコの声だった。治療法の見当はついたが、病状の点は変化していないようだった。私は椅子《いす》のクルコに言った。

「こんな妙なことになったのも、もとはといえば、すべておまえのおかげだったんだな」

「ええ、そうよ」

「しかし、それでなにかを企《たくら》んでいたとしても、もうまもなく終りなんだぞ」

「そうかしら。そうなったら残念ね……」

　クルコの口調には、警戒するような響きがあり、それが私の注意をひいた。きょうは、私に関しては進歩だった。それはつまり、クルコにとって油断していたための失敗で、もっと慎重にすればよかった、と後悔しているわけなのだろう。

　しかし、それももう手おくれ。そのうち西田医院に行けば、終りとなるのだ。煙にかくれている正体もわかる。なにもかもすがすがしく晴れわたるだろう。そうなれば恵子とも……。

　久しぶりに、明るい希望の香がただよってきた。また、ウイスキーの香も快かった。テレビをつけると、若い歌手が大げさな身ぶりで歌っていた。彼らはいまのところ、私の臣下なのだろう。それを思うと、いい気分だった。むかしの帝王は、芸人を呼びつけ、酒を飲みながら眺めたとかいう話だ。いまの私のように。

「よし、なかなかいいぞ。ほめてつかわす」

私はテレビの画面に声をかけてやった。彼には通じたろうか。影の社会の情報網があるのなら、相手にはわからなくても、伝わっているのでは……。

やがて眠くなってきた。酔いつぶれ、窓をあけて「おれは世界の王だ」と叫ぶ段階までは、たどりつけそうになかった。きょう一日の変化が激しすぎ、その疲れが出たのだろうか。それとも、注射された自白薬の作用が少し残っていて、そのための眠さなのだろうか……。

私は寝床に入った。おそれ多くも世界の王は、やすらかに眠りにおつきあそばされた、というわけである。


いくら早くさっぱりしたいからといって、つぎの日に西田医院へ出かけるわけにはいかなかった。水沢女医も、少しは準備をととのえる必要があるだろう。それに、台本を届けがてら、テレビ局に行く予定にもなっていたのだ。

テレビ局内の喫茶室には、いつもざわめいた空気がみちている。私はその片すみの机で、幼児番組担当のディレクターとコーヒーを飲みながら雑談をした。彼は心配そうに言った。

「そのご、声のぐあいはどうなんだい。吹き替えで腹話術をやっているといううわさが、視聴者に流れるとうるさくなる。特に相手が幼児となるとね。べつに謝礼を値切ろうというつもりじゃないが……」

「ああ、まもなく全快しそうだ」

「それならいいが。まあ、三角関係を、早いところ清算してもらいたいわけさ」

「そう心配するなよ」

私は彼の肩をたたいてやりたくなった。この男もまた、私の臣下の一人なのだろうから。それから「じつはね。現在ぼくは世界の王なんだ。きみは臣下だ」と、言ってみたい気もした。

しかし、それはやめた。どっちみち無意味な行為にきまっている。相手はたちの悪い冗談ととるだろうし、信じてくれたとしても、忘却という波が打ちよせ、記憶という海浜の足あとを消してしまうのだ。

その時、顔みしりの局の男がやってきて、そばの椅子にかけ、私に言った。

「このごろ、だいぶご活躍ですね」

「ええ」

「腹話術の台本は、ご自分でお書きになっているわけでしょう」

「ええ、自作自演ですが……」

と、私は相手の質問の真意をはかりかねた。

「どうでしょう。コメディー・ドラマの台本をお書きになってみる気はありませんか」

「それはやってみたいですが……」

新しい分野への意欲はあり、そのひとつの機会にめぐりあえたわけだ。しかし、ちょっと自信がない。それを察してか、相手は言った。

「大丈夫ですよ。あなたのセンスなら、きっと面白いのができますよ」

「そうでしょうか。しかし、なんでまた、突然こんなお話を……」

相手は頭をかきながら、

「じつは、レギュラーの作家が急に病気になり、困ってしまったところです。そこで、あなたを見かけて……というわけです」

「なにしろはじめてですから、あまり期待されると困りますが、書いてみましょうか。で、いつごろまでに……」

「そんな事情ですから、早いほうがいいんですよ。二、三日中に拝見できるといいんですがね。もちろん、予備の台本があることはあるんですから、あまり緊張して無理をしなくても……。といっても、これがあまり感心しない出来でね……」

と、相手は内輪を全部さらけ出してしまった。こうなると、断わることもできない。確約はしなかったが、いちおう引き受けることにした。王さまおんみずから、ご出馬あらせられるのだ。こんな冗談を言いたかったが、またも思いとどまった。

だが、運が上昇しはじめたようだ。クルコの異変もまもなく終るだろうし、コメディー作家へも進出できかかっている。もっとも、それにはいい作品を示さなければならないのだが……。

帰宅した私は、いい作品を書くべく努力した。そして、その作業は予想外にはかどった。実際のところ、机にむかうまでは、どう手をつけたらいいのか心配だった。だが、メモをひろげ、鉛筆をいじっているうちに、いいアイデアが浮かんできた。そして、なんとかストーリーにまとめることもできた。われながら感心するような出来だった。王さまであるという自信が、かくれた才能を引き出したのだろうか。

ストーリーに会話をつける。会話に関しては、腹話術の台本でなれている。私は次の一日を費して清書した。はじめての分野だ。欠点を残さないように再検討をしなければならないし、読みづらい字でないほうがいい。これなら採用になり、成功することだろう。

しかし、その成功を心から喜ぶには、クルコの異変がなくなっていたほうがいい。早すぎるかな、とも思ったが、明日、西田医院へ寄ってみようときめた。

となると、今夜が世界の王さまとしての、最後の夜となるわけだ。だが、そう惜しいとも感じなかった。しがみついていたいほどの帝位でもない。


朝。曇った空から、雨がかすかに降っていた。退位する王のために、天候が同情してくれているのだろうか。私の心は期待で輝いているのに。

郵便局に寄り、原稿を書留速達にして出し、それから西田医院へとむかった。その途中、増田屋の前を通ると、増田が私をみかけて声をかけてきた。

「このごろ、お忙しいようですね」

「ああ。まあ、なんとかね」

「新型のスチール製書類箱が入荷しましたが、いかがでしょう。鍵《かぎ》もかかり、金庫がわりにも使えますよ」

「しかし……」

と私は渋ったが、彼はあいそよく、

「ちょっとお入りになって、ごらんになるだけでも……」

と、すすめた。特に強く拒絶する理由もないので、私は店に入った。増田は熱心にその利点を説明し、月賦《げっぷ》の払いでもサービスすると強調した。

そうすばらしい品とも思えなかったが、彼はなにしろ熱心だった。金融にでもつまり、売上げを増す必要に迫られているのだろうか。それとも、私が景気よくなったものと想像したからだろうか。私は適当になま返事をした。

「また今度にするよ。きょうは用事があるんでね……」

「どちらへ」

「西田医院さ」

「どこかお悪いのですか」

私はまばたきをし、相手をみつめなければならなかった。西田医院は彼に教えてもらったのだ。忙しさで忘れたのではなく、忘却の手が及んだせいだろう。それに気がつき、私は説明するのをやめた。夏の温室のなかで、精巧な氷の彫刻を作ろうとするようなものだ。すぐに蒸発してしまうにきまっている。

「いや。たいしたことじゃ……」

と言葉を濁し、振りきるように増田屋を出た。すると、見知らぬ中年の男が、すれちがいながら、私にあいさつした。

「やあ、先日は……」

「どなたでしたっけ……」

と、頭をさげながら、私は聞いた。

「このあいだ、西田医院でお目にかかりましたが……」

「そうでしたか。失礼しました。あの時はあわてていたので……」

そういえば、帰りがけに待合室で、だれかとあいさつをしあった気がしないでもなかった。よく思い出せなかったが、私までが忘却の渦に巻きこまれたからではないだろう。あの時は興奮し、普通の心理状態ではなかったのだ。私は軽くつけ加えて、

「……じつは、これから西田医院に行くところですよ」

「きょうは休診です。わたしはいま寄って、むだ足をしてしまいました」

「そうでしたか、ご親切に……」

と、私は礼を言い、アパートに戻った。いくらか気にはなったが、不吉な事態だったら、休診という言葉ではなく、べつな表現になるところだろう。私はあまり心配しなかった。美人ではないが活発で、あれだけ信頼感を抱かせた水沢女医が、西田医師の二の舞になるとは思えない。きっと、私のために文献を調べるか、薬を準備しに外

出したのかもしれないな。

いささか自己中心すぎる考え方に気がつき、思わず苦笑した。まだ退位していないためだろうか……。

予定が狂い、時間があまってしまった。本でも読もうかと思ったが、机にむかうと、コメディーの筋が浮かんできた。きのう努力したことの惰性だろうか。私はそれをメモにとった。さらに、いくつかの気のきいたストーリーも思いつけた。新しい分野に手を染めた当初は、だれしもこういうものかもしれない。私はそれらを整理し、原稿用紙にまとめた。これらもテレビ局に送ることにしよう。台本ひとつ送るよりも、荒筋が数本加わっていたほうが、相手も安心するし、こっちを信用してくれるだろう。

退位は一日のびた形になったが、その決心を変えたわけではなかった。

翌日、私はあらためて西田医院に出かけた。いや、出かけはしたのだが、医院には行きつけなかった。

増田につかまるとうるさいと思い、べつな道を選んだのだが、こんどは野口電機の社長にであってしまったのだ。野口は先日の箱型の装置のことについて、しきりにふしぎがり、私に話しかけてきた。社長にとっては、社内の不審な事件は、小さくても気になるものらしい。「あの箱の件について、そのご、なにかおわかりになりましたか」と、野口は私に聞いてきた。

「いや、もういいんですよ」と、軽く答えようかと思ったが、そうすると、解決したものとかんぐられ、さらに質問が重なるだろう。また、知った限りのことを説明するには、最初からはじめなければならない。いずれにせよ、どこまで食いさがられるかわからない、まじめすぎる男だ。彼の場合は、忘却の影響を受けていないらしかった。私はいささか手こずった。

消えてもらいたくない人物の記憶は消え、いいかげんで忘れてくれてもいい野口の記憶は残っている。まったく、やっかいなことだ。借金と貸金の記憶のようだ。

やっかいな現象は、これで終りではなかった。苦心したあげく野口と別れ、道を急ぎかけたとたん、横から出てきた自転車にぶつかってしまった。かすった程度で、服が汚れただけだったが、自転車に乗っていたのが、そば屋の店員。どんぶり類が地面に落ち音をたてた。やっかいでなかった点を無理にさがせば、配達の途中でなく回収の帰途であったことと、割れたのが二つにとどまったぐらいだった。私は、

「ごめん、ごめん」

と言いはしたが、不注意が相手のほうであることは明らかだった。だが、まだ年少の、都会に出てきたばかりらしい店員の泣きたそうな顔を見ると、気の毒になった。

そこで、店までついていって弁償をしてやった。

時計を見ると、午後になっていた。私はその店で昼食をとり、アパートに戻った。午後になると、医院は往診の時間に入り、留守になると聞いていたからだった。また、なにかけちがついたように感じた。退位の儀式を行なうには、あまりふさわしくない。

部屋でぼんやり寝そべっているうちに、もやもやしていた不安の溶液が、徐々に結晶し沈澱《ちんでん》しはじめた。ひとつの形をとって……。

子供雑誌にたいていのっているが、散らばった点々を番号順に鉛筆でつなぐと、動物などが姿をあらわしてくる。それを試みたような気分だった。けちがついたのではない。きのうから今までの事件、それらはある意図で結ばれている。それがなにかは、いうまでもない。私を医院に近づけまいとしているのだろう。

相手は指令網を持っているのだ。それによって、いまはどこにあるのかわからないが、すでに四角な装置を作りあげている。水沢女医の診察の妨害もあった。やる気になれば、中年の男に休診と言わせたり、自転車の少年のハンドルを誤らせるぐらい簡単なことかもしれない。

まえにも他人にぶつかられて道に倒れ、クルコが盗まれ、偶然が重なってすぐに戻ったことがあった。私はあの時のことを思い出した。あれもすべて指令網の働きだったのかもしれない。うまく動くかの試験か、トレーニングだったのだろう。あの場合は、私にもつごうよく働いた。ということは、つごう悪くも働くことをも意味する。幸運というカムフラージュのため、気にもとめないでいたことだった。

王さま気分にひたったり、楽観したりしていたため、私のあせりは急激に高まってきた。油断のバトンは、こっちの手に渡されていたのだ。私を医院に近づけさせず、なおさせまいとしているかのようだ。

これはなにを意味しているのだろう。彼女の考えついたあの治療法が、正しいというわけなのだろうか。それとも、さらに調べられて、真の本部や計画の目的に照明の当てられるのを防ぐためだろうか。彼女の記憶を消すのに手間どり、時をかせごうとしているのだろうか。あせりはじめたためか、私の思考はよく働かなかった。

しかし、水沢葉子のほうでも、その覚悟はしているはずだった。そして、記憶を消しにかかる強い圧力と、必死に戦っているのかもしれない。それがどんな戦いなのかはわからないが、容易でないことは想像できた。

また、すでにその過程はすぎ、さらに悪い戦局に突入しているのかもしれない。記憶を奪うことができないので、西田医師のごとく、死に招き寄せられつつあるのでは……。現代の都会ならば、さりげない死のわなを、どこにでも用意することができる。

具体的な敵と戦うより、はるかに困難なことだ。

彼女の様子を少しでも知ることができれば、まだしもいい。だが、それは不可能なのではないだろうか。西田医院までは歩いて二十分ほどだが、その中間に突破できない壁が作られてしまったらしい。この仮定が、みな私の思いすごしであって欲しいと祈った。

思いすごしであることを立証したかった。それは簡単、たどりつくことができればいいのだ。つぎの日、私は決意を固めてそれを試みた。

しかし、こんどもまた無駄だった。増田にも野口にも会わなかったが、細い道で職人風の男にぶつかった。いや、ぶつかられたのだ。彼はいくらか酒気をおびていて、理由もなくからんできた。私が、

「しっかりして下さい。あやつられているのですよ」

と、思わず言ったのが、かえっていけなかった。水と信じてかけたらガソリンだった、という結果になり、相手の口調は燃えあがる一方となった。

「なんだと……」

黙ったままでもいられないし、弁解や説明も通じまい。私は支離滅裂なことを口にしたらしく、相手の勢いは暴力に及びそうにまで進展した。

だが、その時、さいわいなことに警官がかけつけてくれ、その場をおさめてくれた。しかし、住所姓名や事情などを聞かれ、いらいらするうちに午後になり、医院行きはあきらめなければならなかった。別れぎわに、私は警官になにげなくたずねた。

「おかげで助かりましたが、かけつけていただけたのはどういうわけですか」

「目撃した人が連絡してくれたからです。商店街のタバコ屋の電話で……」

だが、愚問愚答であることに、すぐ思いいたった。指令網とやらで動かされた、なれあいの行動なのだろう。私はそれ以上の質問をやめた。

しかし、帰りの道筋に当っていたので、店番をしている老婆《ろうば》に聞いてみた。彼女はものうげな話し方で、ごたごたを見かけたと電話をしたのは、買物姿の若い主婦だったようだと教えてくれた。事実そうだったのかもしれないが、いずれにせよ同じことだ。

まったく完全な演出だ、と私は感心した。すべてが一体となって壁を作っている。手ぬかりのない芝居だ。おととい書きあげ、われながら傑作と思った台本どころの比ではない。

まともに相手をさせられた私は、こっけいきわまる話ではないか。コメディーの台本が書けて喜んでいながら、知らぬまにコメディーの主役にさせられている。しかも、笑いごとでないコメディーの……。

部屋にもどるのには妨害はなかった。壁の存在をたしかめることができ、私はがっかりして横になった。だが、あきらめたわけではなかった。あきらめることは、進行し拡大しつつある、正体不明の計画を許すことになる。それに対抗できる唯一《ゆいいつ》の武器は水沢女医なのだ。

私は出演や原稿のあいまをみて、何度も壁の突破を試みた。時には夕刻の宅診時間をもねらってみた。だが、なんらかの妨害が入り、目にはみえないが実在する壁が私を追いかえす。

だが、壁の消えていないことは、一方では、水沢葉子のまだ健在であることをも意味していた。それが、壁ではねかえされ、むなしく帰宅する時の、わずかななぐさめだった。彼女の健在のうちに、たどりつかなければならない。

ある日、私はタクシーを利用してみた。はじめは別な行先を告げ、途中で思い出したように西田医院へと依頼した。あまり期待はしなかったが、運転手はすなおに従ってくれ、事故もなく、医院の入口まで行けた。

うそのようだ。壁を突破できたとは。私はほっとすると同時に、胸さわぎを覚えた。突破できたのではなく、存在する必要がなくなったのではないだろうか。彼女になにかが起って……。

　それを証明するかのように、玄関のガラスのドアのむこうにカーテンがおりていた。なかは静かで、ドアは引いても押してもあかなかった。敵はついに成功したらしい。ああ……。

　目の前がふいに暗くなったような気分だった。だが、その暗さが薄れると、私はドアにさがっている木の札に気がついた。書かれてある字は「日曜休診」

　壁の突破だけに夢中になり、日曜であることを忘れていたのだ。水沢女医は通勤のため、なかにはいないのだろう。裏口へまわると、臨時に留守番をたのまれた家政婦らしいのが、ぶあいそに言った。

「みなさんお留守です。あたしにはわかりません。あしたにしてください……」

　と、要領をえない応対だった。水沢葉子の自宅の所在地だけでも知りたかったのだが、それもだめ。もっとも、彼女がまだ健在らしいことだけはわかった。

「あした来られればね……」

　私は皮肉をこめて言い、引きかえさなければならなかった。だが、水沢女医が健在とはいっても、どの程度、そして、いつまでかという点は不明なのだ。おそらく、戦いに神経をすりへらしつづけているのだろう。

しかし、私に連絡ぐらいしてくれてもよさそうだが……。この疑問への答は、考えるまでもなかった。表だけあって裏のない壁はないだろう。指令網で築かれた壁は、むこう側からの連絡をもさえぎっているのだ。

彼女は壁のむこうで、戦い疲れて倒れることになるのだろうか。私自身は本部であり、死は訪れてこないかもしれない。だが、彼女は攻撃目標なのだ。本部からの指令による……。

もし、彼女に死ぬようなことがあれば、その責任は私にある。法律的にはどうあろうとも、犯人は私なのだ。警察へ知らせたら、との案が浮かびかけたが、それはこわばった笑いとなって凍った。普通の常識は通用しないのだ。それを実行しようとすれば、私と警察とのあいだに壁ができるだろうし、警察そのものが壁になるかもしれない。すでに、いつかの酔っぱらいの時の例がある。

手も足も出ないように、すべてを囲まれてしまったのだ。

「ああ、自由になりたい。出してくれ」

と、私はひとりで叫んでいた。いままでにも時たま沸騰《ふっとう》していた、解放への強い欲求だ。はじめのころは、なぜこんな発作めいた感情に襲われるのかわからなかったが、いまや説明するまでもない。

世界の王の椅子《いす》は、私をつかまえて放さないつもりらしい。

壁を突破する試みをつづけながらも、テレビ関係の仕事は休むわけにはいかなかった。幼児番組のディレクターには、すぐに全快すると答えてあったが、その約束は当分はたせそうにない。

そのため、谷恵子と定期的に会って、打合せ、出演することもくりかえされていた。彼女は私の変化に、敏感に気づいた。いらいらした私の表情には、彼女でなくても気づくだろう。

喫茶室で休んでいる時、恵子は心配そうな声で私に言った。

「そのご、どうなの……」

「いや、あまり変化はないな。気ながに頑張ってみるよりほか、なさそうだ」

「だけど、なにかがあったのじゃないの……」

と、彼女は不満そうだったが、私は言葉を濁すほかはなかった。恵子をこれ以上、さわぎに巻きこみたくないのだ。彼女の記憶は、まだ消されていないようだった。

私は西田医院で判明したこと、壁のことなどを説明したかった。また、世界の王になっている秘密を打ちあけ、冗談めかして「王妃になる気はないかい」と、つけ加えてもみたかった。だが、そのとたん、記憶が消されてしまうだろう。

いま、私と恵子を結びつけているのは、この異常な現象なのだ。彼女の私への好意だか同情だかも、この上に育ってきた。現象に関する一切の記憶が消されたら、それらもともに消えてしまうのではないだろうか。

また、なんらかの原因で消えない場合には、私とのあいだに例の壁があらわれ、引きはなされてしまう。さらに悪い状態だ。彼女を失うばかりか、仕事まで失うことになりかねない。

私は話したい衝動を押えつけようと努力した。テレパシーを利用できる敵がうらやましく、テレパシーを独占している敵がうらめしく思えた。私はいつのまにか、そばにあった電話機に手を伸ばし、ある番号を試み、受話器を戻すという動作をくりかえしていた。いらいらが高まった時の、私の新しい癖だった。

いうまでもなく、西田医院の番号。私はそれを暗記してしまっていた。それどころか、目をつぶってでもかけることができる。しかし、決してつながることはないのだった。例の壁にさえぎられ、いつもお話中。私の意図を察知し、すぐさま指令網で伝えられ、だれかが機先を制してかけてしまうのだろう。

癖となってしまった今でも同じだった。敵は無意識の衝動さえも察知してしまうのだろうか。

「どこへ電話をなさろうとしているのよ」

恵子のいらだたしげな声で、私はわれにかえった。たしかに失礼な癖だった。

「いや、ちょっと。なんでもないんだ」

ほかに答えようがあるだろうか。しかし、彼女はすぐに、いたわるような口調にもどった。

「ほんとに大丈夫なの。なんだか顔色もよくないみたいね」

「ああ、少し疲れただけだ。コメディーの台本を書くのに熱中したりしたせいだろう。しばらく、静かな所で休みたいような気持ちだよ」

「無理をしないように、気をつけてね……」

と、恵子は言い、仕事があるらしく席を立っていった。私はそこに残り、いまの思いつきをまじめに検討した。電気もこないような、山奥の宿。隣家までは相当にはなれ、訪れる人もほとんどない場所での静養。山でなく、海でもいい。小さい岬のはずれの、まばらな村。波の音と磯《いそ》のかおり……。

いまの異常さから逃避したいための、夢想だけではなかった。私を悩ませる、テレパシーによる指令網。テレパシーが伝わる距離には限界があるとかいうことだ。また、ひそかにつきまとって離れない、例の四角な装置。これらの連絡を妨げることができるのではないだろうか。

悩まされてばかりいないで、相手を妨害してやるわけだ。そして、様子を見る。相手は困り、なにかをはじめるかもしれない。弱点をさらけだすかも……。妨害はできないまでも、計画の進行をおくらせる役には立つだろう。

もっとも、それを実行するには、準備がいる。番組を休むわけにはいかないから、ビデオに録画したり、台本を書きためておかなければならない。

そう考えていると、声をかけられた。顔をあげると、先日コメディーの台本を私に依頼した相手だった。私は、

「いかがでしたか、ごらんになって」

「たいへん結構。使わせてもらうよ。それに、追加してあったストーリーも、みな面白い。あれもなるべく早く、台本の形に仕上げてくれないかな」

相手は勢いがよかった。私も作品を認められ、予想以上にほめられ、一瞬いやな悩みを忘れることができた。

「はじめてなので、勝手がわからなくて心配でしたよ」

「心配どころのさわぎじゃないよ。スポンサーのほうも、大いに期待しはじめている。

これからはずっときみにたのみたいそうだ……」

「しかし、それでは、いままでの作者が気の毒ですよ」

と、私はいちおう謙遜《けんそん》した。だが、相手は意気ごんでいる。

「かまわないんだ。いままでの作者は報酬が高すぎたし、スランプにおちいったらしい。病気がなおって、きのうだかやってきたんだがね……」

と、軽蔑《けいべつ》した表情になった。私は少し気になって、

「どうだったのですか」

「ぼくが、きみの台本とストーリーの話をしたわけだよ。すると、なんと答えたと思う。病床でじっくり考えたのと同じだ、とさ。大げさな声だったが、へたな芝居さ。彼もそんな妙な弁解をしないほうがいいのに。だめになった、とのうわさがひろまってしまう」

「妙な話ですね」

と、私も大げさな声を出した。だが、これは芝居ではなかった。その作者も、実は芝居ではなかったのだろう。知識吸収網の策謀にきまっている。

そういえば、あまりにやすやすと書けすぎた。わき出る泉のように思えたのも当然だったのだ。だれでも、自分のことととなるといい気になるものだが、私もその例にも

れず、気がつかなかっただけなのだ。泉ではなく、目に見えぬパイプで運ばれた噴水だったのだ。その作者は病床のひまを利用し、さらにいい台本を書こうと、ストーリーを練っていたにちがいない。だが、それがただちに、王への献上品となってしまったのだ。哀れな臣下だ。

しかし、なぜ敵は親切にも、こんなことをしたのだろう。組織網の恩恵をこっちにも分けてくれるとは……。

暴露されかけた一端を、私を忙しくさせることで、まぎらせてしまおうというのだろうか。あるいは、旅行に出かけようと思い立つのを予想して、それを引きとめる布石だったのだろうか。それとも、恵子への対策かもしれない。私が恵子に打ち明ける場合を計算に入れ、その保険をつけたのかもしれない。

恵子の情にほだされ、私が事情を話す。すると彼女の記憶を消すか、私と引きはなすかの方法に出る。その時、私が失職し、飢えては困るのだ。本部の所在地が世をはかなんだり、栄養不足で倒れたりしてはいけないのだろう。やんごとなき王の身には、万一のまちがいがあってはならぬのだ。

おそるべき壁のようだ。西田医院とのあいだに立ちふさがるだけの単純なものではなく、もっと緻密《ちみつ》に、水ももらさぬ体制で私を包んでいるらしい。

「どうしたんだい。驚いたり、考え込んだりして」

と、相手が言った。私は適当にごまかした。

「あまり突然すぎる。義理のある幼児番組はやめたくないし、ほかに出演の予定もあるんだ。台本を書くのは、いままでの人と交代ぐらいにしてくれないかな」

献上品のストーリーを使いきったら、やめることにしよう。事情を知ったからには、いい気になって臣民を搾取《さくしゅ》し、苦しませるのは、慈悲ぶかい王の本心ではない。

相手は私の希望をいれてくれた。

このまま帰宅する気になれず、時刻は早いと思ったが、途中でバーの〈ラルム〉に寄ってみることにした。入ってみると、開店していないほど早すぎもせず、といって、店がこみはじめるには、まだ早すぎるといった状態だった。

「あら、久しぶりのおいでね。なにかあったの」

マダムの奈加子が手をあげ、目を丸くした。私はてっとり早く、ウイスキーのストレートを注文し、おうように飲んでから、

「あったんだ、すごいことがね」

「なにがよ」

「極秘の話だがね、じつは、王さまになった。即位のお祝いだ。信じてはくれないだ

ろうがね」

この〈ラルム〉の連中には打ちあけてもいいだろう。むしろ知ってもらいたいくらいだ。私の勘定をいっしょに忘れてくれるかもしれない。忘れなくて取り立てに来ても、城壁が私を守ってくれるはずだ。

だが、忘れてもらうには、まず、信じてもらわなければならないのだ。情勢をみるに、至難の業のようだ。バーの内部はすべてを冗談に変える魔力を持った場であり、連中は酔っぱらいの大言壮語に慣れている。奈加子は果して言った。

「信じるわよ。乾杯をして、豪華なお祝いをしましょうよ。ついでにどう、あたしをクイーンにしてくれない。あたし、グレース・ケリーに似ていないかしら」

とてもだめらしい。麻佐子という女の子は、それにつづいて、

「あたしはジャックでもいいわ」

ついに、トランプをやらされるはめになってしまった。店がすいているせいもあった。王さまも、臣民の時間つぶしの相手をさせられるとは……。

カードの四枚のキングたちが、私に訴えているようだった。おれたちの気分がわかったろう。こっちは何百年となく、臣民どもの遊び相手をやってきているんだぜ、王の苦しさにも同情してくれよ、と。

トランプは負けるばかりだった。強い酒を急いで飲んだせいかもしれない。店の女の子たちは、私が負けるたびに、

「さあ、王さま」

と言って酒を飲ませた。そのため、またも負けるというわけだった。

酔いがまわってきて、ふと気がついた。私のいまの立場は、目に見えぬ敵を相手にトランプをやっているようなものだと……。

しかも、それが普通のルールではない。相手はこちらの手札を全部のぞくことができ、作戦を読みとれるのだ。それにひきかえ、こっちは相手の手のうちをのぞけないのだ。こんな不公平なルールで、勝負に勝てるだろうか。賭《か》けてある品はすごく大きい。人類のすべてかもしれないのだ。

残されたただひとつのチャンスは、伏せてあるカードのなかから、最強の切り札を引く以外にないらしい。幸運とも呼べない、きわめてわずかな確率にたよらなければならないのだ。そして、負けることは許されない。責任。勝ったところで、なにも得られないにちがいないのだが……。

指にはさんだスペードのキングが、酔った私の目にささやきかけた。「王さまってものは、ひどい商売さ……」

## 7

眠ることなくして悪夢の森にさまよいこんでしまった気持ちだった。いや、引っぱりこまれたと言ったほうがいい。だれを見ても、なにを見ても、壁を構成する一因子に思えてくる。しかもその壁は、自分自身の指令網で築かれたものなのだ。

影におびえる、という文句があるが、いまの私はちょうどそれだった。本来の意味は、いわれのない不安を形容する言葉だ。しかし、私の場合は影は影でも、明らかに実在し、強力な意図を持った影なのだ。

私はあきらめなかった。思い立つたびに、西田医院へ行くことを試みた。しかし、それが成功することはなかった。いつも、壁がさりげない形であらわれ、私をはばむ。城の一室に幽閉された王と同じだった。都会の人ごみのなかにいながら、身動きがとれないのだ。

正面からの正攻法では、おそらく突破することは不可能なのだろう。といって、ほかに名案もないようだった。私は考え疲れ、アパートの一室で寝そべりながら、クルコに声をかけてみた。

「クルコちゃん。そのご、どうだい」

「なにか用なの」

答はあり、症状は依然として消えていなかった。

「あいかわらず、忙しいんだろうな」

「ええ。忙しいわよ」

「例の四角な装置は、いまどこにかくしてあるんだい。知ってるんだろう」

「ええ。知っているわよ」

「どこだ」

「さあ……」

予期した通り、教えてはくれなかった。それほど親切なはずがない。

「この部屋のどこかなんだろうな」

「いいえ、ちがうわ」

「となると、管理人にでも預けてあるんだろうな」

「いいえ、ちがうわ」

「じゃあ、近所の家だな……」

などと、私はひまつぶしの気分で、いろいろな場所をあげてみた。クルコは、はっきりした口調で否定をくりかえした。どうせ、教えてはくれないだろう。だが、ためらい勝ちに否定することが、ないとは限らない。そのうち、

「下のほうか」

と聞いた時、意外にも肯定の返事があった。

「ええ。そうよ」

「ははあ、地下に埋めたのだな」

「いいえ、埋めたりはしないわ」

ラジオのクイズ・ゲームをやっているような調子で、私は質問をつづけた。そのあげく、この部屋の下、一階の部屋の棚の上にあるという答を得た。気まぐれな、でたらめな答にきまっている。だが、それを確認してみたい誘惑を感じた。肯定の際の口調も、否定の時と同じく明瞭《めいりょう》だったせいもあった。

その部屋には、子供のない中年の夫妻が住んでいる。しかし、とつぜん訪問し、棚の上の箱を調べさせてくれ、とは切り出しにくい。あれこれ考えたあげく、私は口実を思いつき、真下に当る部屋の前に立った。

ベルを押すと、夫人が出てきた。主人は外出中らしい。

「あら、なにかご用でしょうか」

おたがいに顔みしりではあっても、訪問しあうほどの交際ではないので、彼女は少し変な表情をした。

「いえ、うっかりして、水道を出しっぱなしにしてしまったのです。気がついて、あわてて拭《ふ》いたのですが、もし、もれたりしてご迷惑をかけたのではないかと思って……」

と、私は恐縮して言った。彼女は驚き、天井を見あげながら、

「どのへんですの」

「このへんに当ると思うんですが」

私もなにげない様子でなかに入り、上をむいた。棚があり、鞄《かばん》などにまざって、四角な箱があった。

あのなかに、はたして装置がかくされているのだろうか。クルコにからかわれているのかもしれないと思うと、ちょっと不愉快でもあった。

「べつに、もってもいないようですわ」

彼女はほっとした様子だった。だが、私は図々しい印象を与えることは承知で、

「念のためです。くわしく調べてみましょう」

と手を伸ばし、棚の箱をおろした。ふたをすばやく取ってみると、見覚えのある装

置が意味ありげにおさまっている。どうしてこれが、と聞きたかったが、それはやめた。しかし、彼女のほうが口にした。

「主人がお友だちから預かっている品ですの。へんな機械ですわ。なんに使うものかしら」

この話題をもっと進めたかったが、それもやめた。他人の預り品に興味を示すべきではない。それに、だれもかれも壁の一員なのだ。もし彼女が留守で、応対に出たのが主人だった場合には「これは家内の預り品で……」となるのだろう。

私は手をすべらせたふりをし、機械をこわしたい衝動にかられた。しかし、すぐに修理されるにきまっている無意味な行為だ。また、他人の家の預り品をこわすと、金ではすまない責任になる。敵は意地悪く、その記憶だけは消さないかもしれない。私はいいかげんで引きあげることにした。

「おさわがせしました。早く気がついたため、ご迷惑をおかけしないですんだようです」

自分の部屋に帰り、私はまた寝そべった。例の装置を発見したことが当然のようにも思え、同時に意外にも感じられた。当然というのは、やはり私の近くにあったこと。意外とは、クルコの答えた通りであったことだ。いつもは答をぼかしていたのに、今回は珍しく明瞭に答え、しかも当っていた。なぜだろう。私のまわりに壁を作りあげたという、敵の自信のあらわれなのだろうか。それとも……。

こう考えてきて、私は思い当った。女医の水沢葉子がクルコにかけた暗示、それがききつづけているのかもしれないという点に。たしか質問に対して、ええ、いいえ、正しく答えるようにという指示だった。

曇った空に陽があらわれたような気分になった。ということは、水沢女医の案出した治療法が正しいことを裏付けている。この暗示をもっと強め、わけのわからない陰謀を忘れさせる段階に達せさせることができればいいのだ。

私ははね起き、夢中になってアパートを出た。西田医院へと駆けつけたかったのだ。しかし、やはり行きつけなかった。気分とは反対に、曇った空から雨が降りはじめ、たちまち大粒になってきて、引きかえさなければならなかったのだ。これもまた、あの組織網の力なのだろうか。まさか……。

傘を持って出なおしてみた。通りがかりの小型トラックが、すれちがいざま傘をひっかけ、走り去っていった。ナンバーを覚えることはできたが、とてもそんな気にはなれなかった。壁はあくまでも私の前に立ちふさがり、医院への道をはばんでいる。

私はあきらめ、びしょぬれになって部屋に戻った。落胆はしたが、ひとつの収穫は残っている。暗示はまだ効力を残していて、クルコは、ええ、いいえ、で正しい答をしなければならないことだ。

やっと、武器がひとつ手に入った。敵の弱点を握ることができたようだ。だが、それをどう利用するかとなると、いい考えも浮かんではこなかった。これでは、弱点とは呼べないかもしれない。壁を乗り越えるはしごとしては使えそうにない。

私は方針を変え、四角な装置をねらうことにした。もう一度くわしく調べなおしたら、手がかりがなにか得られるかもしれない。

「クルコちゃん。例の機械は、まださっきの場所にあるんだろうな」

「ええ。そうよ」

こう確かめてから、私は箱を手に入れる計画をねった。早くいえば、盗むことになる。しかし、あの部屋の住人の所有物ではなく、むしろ私の物なのだ。持ち出したところで、良心の呵責《かしゃく》を感じることもあるまい。それに、いまのところは世界の王なのだ。

良心の問題は片づいたが、実行となると容易ではない。アパート荒しという犯罪は、よく新聞の社会面をにぎわしている。鍵《かぎ》をこじあけて侵入し、などと書いてあるが、この部屋と同じような鍵が、そう簡単にこわせるはずがない。アパート荒しは、きっとこじあけられる部屋だけをねらうのだろうが、こっちはそうはいかない。目標があるのだ。

コメディーの台本を書く時には、敵のテレパシー網が知恵を運んでくれた。だが、今回は沈黙しきっているようだ。侵入するとなると、窓かドアということになるのだが、悲しいことに、音もなくガラスを割る方法も、針金で鍵をあける名案も浮かんでこなかった。それも当然なことだろう。敵もお人よしではないのだ。自分で考えなければならない。

このすぐ下にあるのに……。

もどかしい思いで、私はなにかをせずにいられなかった。ここと下の部屋とのあいだは、なんによってへだてられているのだろう。調べてみよう。うまくいけば……。

私は畳をあげてみた。下には木の板があった。この下はどうなっているのだろう。

しかし、その時に訪問客を告げるベルが鳴った。舌打ちしながらドアをあけると、洗濯屋の店員が立っている。

「きょうは、なにかご用は……」

「ああ、ワイシャツをたのむ」

と、私は丸めたワイシャツを取ってきて渡した。彼はそれを受け取ったものの、すぐ帰ろうとはせず、なかをのぞきこみながら言った。

「雨が降るのに大掃除なのですか」

「いや、珍しく大掃除をはじめたから、雨が降ったのだろうな」

「よろしかったら、お手伝いしますよ」

サービスの申し出を受け、私は説明に詰った。やはり作戦は失敗だ。これも敵の組織網の一端にちがいない。苦笑いして、冗談でごまかすほかはなかった。

「いいんだ。大掃除じゃない。じつは重要書類をかくそうと思ったんだが、きみに見られては、場所を変えなければならなくなった」

「へそくりですね。まだ、独身じゃありませんか。しかし、畳の下はいけませんよ。下の部屋から、だれかに手をのばされて取られないとも限らないでしょう」

気にさわることを言うやつだ。親切なのか、冗談なのか、組織網の指示なのかは確かめようがない。私はいちおう中止しなければならなかった。ふと、ワイシャツを忘却されるのではないかと、つまらない心配がわいたが、店員はいつものように、預り証にサインをして帰っていった。

なかなか手ごわい敵だ。畳をもとに戻し、その上に横になって、私はあらためて感心した。しかし、あきらめはしなかった。夜になったら、さらに攻撃を試みてみよう。

だれもが寝しずまり、来客のやってきそうにない時刻に……。

夜を待ち、畳をあげかけ、クルコに聞いてみた。

「あの箱は、この下にあるんだろうな」

「いいえ、ないわ」

「そんなはずはない。昼間、この目でたしかめたことだ。どうしたんだ」

答はなかった。私は質問を、ええ、いいえ、で答えられる形にし、それを何度かくりかえしたあげく、その所在を知った。階下は階下でも、さっき訪れたとなりの部屋の、押入れの奥だそうだ。おそらく、その通りなのだろう。私の意図を察知し、組織網によって移動させたにちがいない。私はまだまだ、敵を甘く考えていたようだ。

いたずらっ子がよくやる、たちの悪い遊びを連想した。ひとの品物を奪い、追いかけて取りかえそうとすると、べつな者に投げ渡してしまう。被害者はべそをかきながら、追いつづけなくてはならないのだ。

といっても、遊びならば、相手もいつかは飽きてくるだろう。しかし、この場合はどうだろうか。むだな努力を重ねて、疲れ、あきらめなくてはならないのは、私なのだろう。

このあいだまでは、装置の所在がわからないという不安だった。だが、いまは所在を知りながら、それを手にすることができない。一段といらだたしい気持ちなのだ。

いらいらするのは、それだけではない。あの箱型の装置が、組織網の中心である私と、どこかとを連絡する存在である点だ。どこへつながっているのだろうか。

すべて他端のわからない連絡装置というものは、ひとに不気味さを感じさせる。たとえば、説明もなしに壁にくっついている押しボタン、空家のなかで鳴りつづけている電話のベルなど。好奇心をむずがゆく刺激する。自分に関係がないにしろ……。ましてこれは自分に重大な関係があるのだ。知りたい衝動を押えられるはずがない。

「いったい、あの装置でどこと連絡しているんだい」

と私は言ったが、クルコの答はなかった。だが、がっかりすることはない。質問の形が悪かったのだ。

「あの箱は、どこかの外国と連絡しているのかい」

「いいえ、ちがうわ。だけど、そんなこと、どうでもいいじゃないの」

教えたくなさそうな口ぶりは、脈のあることを意味しているのだろうか。

「よくはないさ。外国でないのなら、国内かい」

「いいえ」

「となると、地図にない島とか、海底のたぐいかな」

「いいえ」

「だが、地球上はたしかなんだろう」

「いいえ、ちがうわ」

質問に対して、クルコはあっさりと答えた。私は思わず、手のひらで目を押えた。暗黒をへだてた星の上で、毒々しい色の怪物が笑っている幻影を追い払いたかったのだ。

「おどかさないでくれ。ほかの星の宇宙人だなんて、言い出さないでもらいたいな」

「ご希望ならば、お好きなように答えてあげるわ」

「どうなんだ。ほかの星なのか」

「いいえ、ちがうわ」

クルコはまたもあっさりと答え、私はほっとできた。考えてみれば、ばかげた質問だった。地球を占領したいのなら、なにもこんな手のこんだ方法をとる必要はないはずだ。円盤の編隊で乗り込んできて、強力な爆弾でもほうりこめばいい。私だったら、その方法をとる。

ほっとはしたものの、もはや質問は種切れだった。時計を見ると、夜もおそくなっている。私は酒を少し飲み、眠ることにした。

眠るまえに思いついた質問をひとつ追加してみた。

「さては、やはり夢魔の国か」

「そんなようなものね」

久しぶりに、クルコの口癖を聞くことができた。水沢女医の暗示がとけたのだろうか。クルコの抵抗が成功したのだろうか。それとも……。ほかには思いつかない。念のために、もう一度聞きなおした。

「正確に言って、夢魔の国そのものかい」

「いいえ、ちがうわ」

返事は正確な口調だった。とりつくしまがない。今夜のところは、打ち切りにしよう。もう質問しようがない。せっかく相手の弱点を知り、それを利用して逆襲に転じたつもりだったのに、たちまち行き詰ってしまった。かえって、自分の弱点を見せつけられた形だ。拳銃《けんじゅう》をかまえることはできたが、かんじんの指が動かない……。

つぎの朝。天気はよかった。カーテンのすきまから、光にみちた青空と、白い雲がのぞける。寝床に横たわったまま、ぼんやりしていると、また質問がひとつ浮かんだ。

「わかったぞ。霊魂の国だろう」

晴れた朝っぱらから、妙なことを思いついたものだった。死者の霊が、この世と連絡を取りたがっているのかもしれない、とは。雑誌で読んだ心霊現象の記事によると、霊媒には死者の魂が呼び出せるそうだ。もしそれが可能ならば、その逆の場合だってあるかもしれない。

老人になればなるほど、世を慨嘆する傾向がある。それを延長すれば、霊魂たちにとって、おそらく、この世は見るにたえない状態とうつるだろう。となると、手を出して改革したくもなるだろう。そこで、私を通じて組織網を作り……。

どうやら、つじつまも合っているようだ。世界の王ではなくて、救世主に選ばれたのだろうか。やれやれ、うえにはうえがあった。さらに気が重くなる。

もちろん私は、心霊の存在など信じてはいない。だが、質問するのは勝手だろう。

「いいえ。ちがうわ」

あっさりと、クルコに却下された。かつて何度も経験したことだが、苦心して書きあげた自信のある台本を、軽く没にされた時の気持ちに似ている。

「ひとをばかにしている。もう、質問する種など、残っていないじゃないか」

「いいえ、あるわよ」

文句を言ったつもりだったが、明瞭《めいりょう》な口調で返答があった。原稿の没より、さらにひどい。学校時代、予習をしなかったため、先生にいじめられたことを思い出した。また、テレビ映画などで見ると、警察につかまった犯人は、まだなにかやったろう、と限りなく責めたてられるものらしい。いまの私は質問する側にあるのだが、それと同様ではないか。なんとなく不愉快になってきた。

「いったい、どこだ。こうなると、どこにもない場所ということじゃないか」

「ええ。そんなようなものね」

「ますます、ばかげている。そんなところがあったら、見せてもらいたいね」

「お目にはかけられないけど、感じる程度でいいのなら」

「なんでもいいさ、お願いしたいものだ。ちょっとでもいいから……」

そのとたん、なにかが私のからだを激しく走り抜けた。体内で爆発がおこったようでもあった。交通事故にあった瞬間、いや、高圧電流に触れたら、こんなショックを受けるのではないだろうか。霊魂を思いついたのはよくない前兆だったのかも……。

だが、私は死んではいなかったし、あたりの光景にも変化はなかった。時計の針も変っていなければ、カーテンのすきまの雲の形もさっきと同じだった。いまの感覚は、なんだったのだろう。

私がぐったりしていると、ベルが鳴り、ドアをたたく音がした。私は寝床から立ちあがった。身体《からだ》にも異常はないようだ。手で首筋をもみながら歩き、ドアをあけると、管理人の奥さんが立っている。彼女は怒ったような表情で言った。

「どうかなさったのですか」

「ええ、ちょっと……」

と、私がとまどっていると、彼女のほうから知らせてくれた。

「あんな大きな叫び声を出したりして、みなさんが驚きますわ。夢でうなされたにしては、ひどすぎます」

よほど大声だったらしい。私は適当にごまかした。

「すみません。じつは、借りてきたスピーカーの調子をためそうとして、つい……」

「困りますよ、そんなことをなさっては」

「すみません」

わけがわからないながら、あやまっておくに越したことはない。彼女は顔をしかめながら、帰っていった。

「これからは注意して下さい。ああ、自由になりたい、出してくれ、などと叫ばれては、泥棒にしばられたのかと勘ちがいしてしまいますよ」

私はそれを見送り、顔を洗い、コーヒーを飲んだ。それから、あらためて検討しなおしてみた。そういえば、いままでに何度か味わった束縛への抵抗、脱出や釈放への強い欲求感に似ていたようだ。「ああ、自由になりたい、出してくれ」という文句は、いつか、思わず叫んだこともあったようだ。

しかし、さっきのははるかに強烈だった。ネコをこすった火花と、雷の電光ほどの差があった。私はタバコの煙を吐きながら、つぶやいた。

「なんだ、さっきのは……」

べつに質問するつもりはなかったが、クルコは言った。

「ご希望にそってあげたわよ。わかったでしょ。あまり甘く見ないで、おとなしくしていたほうがいいんじゃない」

押しつけるような、一段うえにあがったような口調だった。私はもはや、なにも口に出せなくなった。一瞬ではあったが、たちうちできない感情の噴流、執念のほとばしり。あの衝撃を思いかえすと、言いかえす気力は、栓を抜いた風呂桶《ふろおけ》の水のように、急速に失われていった。

驚きがおさまるにつれ、かわって、おびえた気分が心を占めた。あの衝撃にはどんな意味、どんな目的があったのだろう。くどい質問への警告を示したのだろうか。それとも、こんごの従順を要求する、猛獣使いの鞭《むち》の役目を持っているのだろうか。あるいは、クルコの言う通り、どこにもない場所とやらに直面した印象そのものなのだろうか。

また、いままでにも感じた解放への欲求と、どこかで関連を持っているのだろうか。

その日は一日、ぐったりとして過した。これ以上問題ととりくむ気にもなれない。夜になって、幼児むけの台本を少しだけ書いた。

つぎの日。いくらか気力はとりもどせた。ぐったりした状態をつづけてもいられない。テレビ局へ行かなければならなかったのだ。

谷恵子と会い、リハーサルを二度ほどくりかえしてから、いつものようにテープへの録音をおこなった。それが片づいたあと、ロビーでの立話で、彼女は私にささやいた。

「ほんとに、どうかなさったんじゃないの。このまえお会いした時より、もっと元気がないわ。顔色もよくないわよ」

「ああ、きのうから頭痛がしているんだ。かぜをひいたのだろう」

「ぐあいはどうなの」

「薬を飲んだら、少し軽くなった」

もちろん、すべての事情を打ちあけたいのだが、それはできない。恵子に忘却が訪れるか、あいだに壁が作られるという代償を払わなければならないのだ。また、きのうのように、激しい感情の鞭に見舞われるかもしれない。そのため、最もありふれた頭痛という言い訳を使ったのだった。

「いけないわ。お医者さんに行くべきよ」

彼女はさらに心配そうになった。頭痛を言葉通りに受け取り、異常がさらに高まる前兆と感じたためかもしれない。そのような症状をとる場合もあるのだろう。

「ああ、帰りに寄ってみよう」

じつは頭痛ではない。腹痛だと訂正もできない。泥沼の道を駆けさせられているようなもどかしさだった。そして、私はまた例の、そばの電話機に歩み寄り、西田医院へかけるという、癖を出していた。お医者という言葉で刺激されたせいもあったろう。いわれるまでもなく、できるものなら病院へ行き着きたいのだ。だが、依然として壁は存在している。何回かけなおしても、お話中を告げる、単調な断続音がわき出すばかり。壁ではねかえされる反響音で、嘲笑《ちょうしょう》されているようだ。

「やれやれ、どうしたらいいのだろう」

私は受話器のなかに、つぶやきとため息を流し込んだ。恵子はそれを聞きとがめた。

「どうしたらって、なにがなのよ。打ちあけられないようなことなの」

「いや、そうじゃない。べつのことで、ちょっと、気になることを思いだしただけさ。頭痛とは関係ないよ」

言葉を濁さなければならなかった。悩みというものは、他人に話したほうが多くの場合、よい結果をもたらす。だが、この件だけはちがうのだ。恵子はつまらなそうな、さびしそうな、また、いくらか怒ったような表情をした。私からよそよそしさを感じとったにちがいない。それは誤解であり、よそよそしさが愛情の表現なのだ、とまで察してはくれないのだろう。それを期待するのも無理だった。

「事情はわからないけど、早く朗らかになってね。元気を出してよ。お手伝いできそうにないのは、残念だけど……」

恵子は気にしながら、それ以上は突っ込んで聞いてこなかった。壁を作らせまいとして、私が自分で別種の壁を作りあげているともいえる。だが、彼女の激励の気持ちは、それを貫いて私にも伝わってきた。元気を出さなければ。帰ってゆく恵子のうしろ姿を見送りながら、私はあらためて決心した。断固として戦おう。ここでくじけてはいけないのだ。

わけのわからない敵の、わけのわからない計画。その進行を放任することは許されない。理屈ではなく、本能的な直感なのだ。理屈をこねれば、計画の目的は悪でなく、善の場合だって考えられる、ともいえるだろう。しかし私の意志は、それを敵と判断し、妨げるべきだと命じている。

しかし、独力で戦わなければならないようだ。協力者はいない。いるのかもしれないが、それを発見すれば、壁がわり込んでくるのだ。アパートへ帰る途中、車内でも道でも、数えきれぬ人びとと一緒になり、すれちがった。だが、助けを求めようがないのだ。

これだけの人がいるのに、だれもが組織網の一端にちがいないのだ。そして指摘したところで当人にはわからない。風刺的なドラマの主題に使えそうだなと、ふと考えた。目に見えぬ大きな力に迎合し、いや、信じ切って身をまかせている。それどころか、当然きわまることとして、疑問すら抱かない……。

だが、そんなのんきなことを言っている場合ではない。風刺は第三者のすることであり、私は当事者であり、責任者なのだ。

部屋へ帰り、ひと休みしてから、私は腰をすえて、クルコへの質問を試みることにした。与えられた唯一《ゆいいつ》の方法だ。あるいは、また鞭を振るわれるかもしれない。その覚悟もした。避け、逃げまわっていては、戦いにはならない。

「クルコちゃん。また質問をつづけるぜ」

「いいわよ。少しは知識が得られるかもしれないわ。だけど、そうしたところでどうしようもないのよ。やめたほうがいいんじゃないかしら」

あざけりの調子が含まれているようだった。私を威圧したためだろうか、私が威圧されたと思いこんでしまったためだろうか。

「いったい、あの装置でどこと連絡しているんだ」

「それは、そっちで考えることよ」

質問の形を変えなければならない。どんなばかげたことでも聞いてみよう。笑われるのをいやがっている時ではない。

「地球上で、ほかの星でもなかったな。おとぎの国か」

「いいえ。ちがうわ」

天使、悪魔、妖精《ようせい》の国などもあげたが、明確な否定の言葉しか得られなかった。

「ぼくの想像の世界か」

「いいえ、ちがうわ」

質問攻めにする意気込みはあっても、悲しいことに弾丸がつづかない。これがクイズ・ゲームだったら、たちまち制限の……。

「時間かな」

「なんですって」

と、クルコが言った。私は自分でも、なにを口にしたのかわからなかった。だが、クイズの制限、と思い出してきて、もう一度言葉にした。

「時間と言ったのさ。そうだ、時間に関係があるのだろう。過去とか、未来とかに……」

私は勢いを取りもどした。どんな質問も落してはいけないのだ。時間となると、未来かもしれない。未来の連中が、ある種の力で現在をコントロールしようとしているのだろう。未来からということを、ひたかくしにしながら……。

「それを聞くの。聞かないの」

クルコが催促してきた。かくす気はないのだろうか。暗示の効力のためだろうか。

「聞くとも。未来の国と連絡し、指令を受けているのだろう」

「いいえ。ちがうわ」

「それでは、過去の国だろう」

過去からの力、そんなものが存在するだろうか。古いむかし、この世に残された一種の呪《のろ》いが長い年月をへて復活し、私に宿ったのだろうか。そんなものがあるとは思えないが、聞くだけは聞いておかなければならない。

「いいえ。ちがうわ」

「では、時間とは関係がないのか」

「ええ。ないわ」

またも、あっさりと却下された。却下するのなら、なにもわざわざ私に質問させることもないだろう。私をじらせ、いじの悪い楽しみを味わっているのだろうか。それとも、本質と関連があることだったためかもしれない。時間、時間……。

私は意味か発音の似た言葉をさがそうと努力した。時間をかけて……。

「そうだ。あったぞ」

「なにか愚問を思いついたの」

「どうせ愚問だろうが、いちおう聞いておこう。次元か」

「ええ。そうよ」

久しぶりに明瞭《めいりょう》な答があった。名質問をほめるでもなく、残念がるのでもない口調だった。交通信号のごとく、そっけなく、はっきりとしていた。

「その、次元とはなんだ」

悲しいことに、言葉として知っていても、どんなことなのかまったく知らない。相手の作った壁にではなく、自分の壁に自分がぶつかっている形だった。

「いいじゃないの。どうでもいいことよ」

ええ、いいえ、以外の問題になると、とらえどころのない調子でしゃべる。電話をかけ、だれかに聞こうかと考えたが、それはやめた。この目的でかけようとすれば、お話中になるにきまっている。相手は弾薬の補給路を遮断するのが当然だ。弾薬は自分で作らなければならない。

私はタバコをくわえ、部屋のなかを歩きまわった。この際、なんでもいいから役に立つものをさがし出そうとして。そして、思わず歓声をあげた。幸運が私に味方をしてくれた。本棚の百科事典が目に入ったのだ。これで〈次元〉の項を引いてみよう。すぐに棚からおろし、本を開いた。ないようだ。組織網の水ももらさぬ作戦で、すでにそのページが切り取られているのでは……。

しかし、それはまちがいだった。心にいやな予感があふれ、目が焦《あせ》り、手がふるえているせいだった。気持ちを落ち着かせ、ゆっくりとページをめくると、目ざす項目は存在していた。敵の力も及んでいなかったようだ。私の視線はすばやく活字を追った。じゃまが入らぬうちに読まなければならない。

じげん。次元。ディメンション。われわれは、線は長さの一次元を、面は長さと幅の二次元を、立体は長さと幅と厚みの三次元を持つなどという……。

このあたりから、目の進みがおそくなった。妨害が入ったからではない。はじめて出あう、理解しにくい術語、記号、式、言いまわしなどが並びはじめ、よく頭に入らないのだ。気がせいているからではない。ゆっくりと読んでも同じことだろう。またしても悲しい事態だった。だからこそ、敵も放置しておいたのかもしれない。まさか、わからないように書かれていることが、遠大な計画の一端とは思えないが。

「べつな次元に関係があるのか」

「ええ、そうよ」

あらためて質問し、確認した。この手がかりを放すことなく、あきらめずに追究をつづけてやろう。たとえ、どんなに困難な道であっても……。

次元の項を読みなおし、疑問めいた個所にぶつかると、クルコへの質問を重ね、頭へ入れようと努力した。時には進みをあせり、

「面とはなんだろう」とつぶやくと、

「ばかねえ。面とはね、面倒なことの上の半分じゃないの」

などと、まぜっかえされる。敵の反撃なのであろう。だが、私は絶対に退却しない決意だった。ええ、いいえ、で答えられる形の質問になおし、言いなおす。壁ではあ

っても、決して歯の立たない壁ではない。歩みはおそくても、少しずつなら前進できる。そのおそさは、スプーンでトンネルを掘るのに匹敵するかもしれない。しかし、時間さえかければ、突破できるにちがいない。

私は疲れれば休み、知識を整理し、また質問を続行した。そして、何回目かの体当りを試みた時だ。

「べつな次元というと、この空間のむこうにある存在、とでもなるわけだな」

「ええ……」

しかし、そのとたん壁が崩れた。クルコがこうしゃべりはじめたのだ。

「……教えてあげるわよ。つまりね、二本の糸があるとするわ。どんなにそばにあっても、それぞれべつな存在よ。二枚の紙。次元は同じ二次元でも、やはりべつな存在なのよ。新聞紙の字がもし紙の上を動けたとしても、貼《は》りあわせない限り、壁紙には移動できないでしょう。また、地下に空洞があるとするわ。その空洞は、地上に住んでいる人にとっては、見ることのできないべつな世界でしょ。それと同じように、あなたがたには知覚できない、閉鎖した空間のなかの世界があるというわけなのよ」

「なんだと……」

驚きがこみあげ、私の言葉を詰まらせた。理解しにくいことを、とつぜんしゃべられたためだ。また、いままでの態度が一変し、むこうから進んで教えてくれたことも、ふいに肩すかしをくわされた形だった。あるいは、好意的な外観をよそおい、巧妙に茶化し、ごまかそうという計略なのだろうか。

私は聞いたことをくりかえし、念を押してみることにした。さしあたって、ほかに口にする言葉もない。

「というとだね、地下の空洞、水面下の泡にたとえてもいいんだろうが、いずれも表面ではわからないが、別個に存在している。この考え方を延長すれば、われわれには知覚できない、閉じた空間の世界があってもいいことになる。そうなんだな」

「ええ。そうよ」

「すべては、そこと関連があるのか」

「ええ。そうよ」

はっきりした答。うそではないらしい。だが、なぜ事情を告げる気になったのだろう。その理由はわからなかった。私の攻撃を受け、敗北をみとめ、和解を申し出てきた、と考えたいところだが、おそらくちがうだろう。質問のねらいをこの点に変え、射撃を続行すればいいのだろうか。どう手をつけたものか、見当がつかない。それに、閉じた空間と称する存在など……。

「信じられない」

「知覚できない、というべきね」

「だが、果してありうるのだろうか」

「ええ。あるわよ」

「じゃあ、証拠を示したらどうだ。知覚できないのなら、ないのと同じことだ」

よけいなことを言わないほうがよかった。その瞬間、またしても、あの感情の鞭《むち》がふりおろされたのだ。解放を望む激した感情が、からだを走った。

しかし、反射的に口に手を当てていたので、叫び声はあまりもれなかったようだった。耳をすませたが、文句を言いに来るけはいはない。組織網の壁、王の衛兵たちが防いでいてくれてるのだろうか。

「わかったよ。わけはわからないが、わかったよ」

私は質問を打ち切りにした。頭も疲れている。睡眠薬とウイスキーの助けをかりなければならないようだ。

寝床に入った。私の異様な興奮は高まろうとし、薬はそれを押えつけ、眠りに導こうとしていた。うつらうつらした頭で、べつな次元、閉じた空間とやらを考えようとした。知覚できないのだから、想像することもできないものかもしれない。

しかし、電灯を消し、まぶたを閉じると、暗黒の空中に浮かぶ暗黒の球を、心に描くことはできた。見ることも、さわることも、なかを知ることもできない。だが、われわれより一段と高度で、内部のせまさに満足できず、限られた空間を破って外へ脱出したいと、熱狂的に望んでいる相手なのだ。

寒気がして、私の筋肉は不規則にふるえた。それは、どこにあるのだろう。すぐそばかもしれない。妄執だか、精神的エネルギーだかで満ちあふれた存在が。

呼びかけられ、ふりむいたがだれもいない、というのも一つの恐怖だ。だが、いまはそれ以上。呼びかけられ、ふりむいたがだれもいない。しかし、そこにはなにものかが確実にいるという状態なのだ。封じ込められた夢魔。たしかにそのようなものだ……。

起きあがって電灯をつけたくなった。だが、薬のききめも眠りの濃度を高めてきた。

睡眠はなごやかな雨のように、苦く乾燥した気分をいやしてくれた。朝のめざめで、私は夕立のあとの植物と同じく、いくらか活気をとりもどした。昨夜の相手の告白も、やはり勝利の結果ではなかったかと思えてきた。質問をつづけてみよう。逃げる敵は追うべきだ。

「その、閉じた空間とやらから、脱出したいというわけなんだな」

クルコはすなおに答えてくれた。

「ええ、そうよ。そのための計画なのよ」

「しかし、なぜ、その空間が閉じたんだ」

「さあ、答えようがない質問よ。そとの空間が、なぜ広がっているのかという質問と同じことでしょう。そうなのだから仕方がないわ。神の意志とか、宇宙的な力のひずみ、とでも言えばいいのかしら。お好きなほうを使ってあげるわよ」

相手にもわかっていないのだろう。あるいは、知識吸収網で集めたわれわれの言葉に、それに相当するのがないのかもしれない。

「なぜ、ここを本部に選んだ」

「それも、答えようがない質問ね。もし、ほかの人に当り、その人から質問されて答えようがないのと、同じでしょう。どう」

「当るとか言ったが、なにが当ったんだ」

「思念の波よ。テレパシー。それをある方法で一方的にそろえたもの。それだけが閉じた空間を抜けられるのよ」

私はため息をつきたくなった。

「ひどい目に会ったものだ。雷や隕石《いんせき》にぶつかったような不運だ。しかし、こっちをいじめることはないだろう。テレパシーを活用して、閉じた空間だか次元だけを破ったらいいだろうと思うな」

「そう簡単にはいかないわよ……」

　クルコの説明によると、それを破るには、内部からだけでなく、外部からもある力を加える必要があるらしい。ふと、卵がかえる時の話を思い浮かべた。内部からヒナが、外部から母鳥が、同時に同じ場所を突つくとかいう。生物学的な事実かどうかは知らないが……。閉じた空間という、不気味な卵。それが殻を破ろうとして、あがきつづけているらしい。そして、いままでに何度かの準備の段階をへて、実行に移ったということらしかった。

「しかし、そんな話は聞いたことがない」

「記録に残ると思っているの」

　忘却作用のことを指したのだろうか。準備のための断片的な奇妙な現象がおこったとしても、すぐ時の流れに埋まってしまうことを指したのだろうか。だが、いまやそんな点はどうでもよかった。

　内外呼応する計画。その外のほうの前進基地のごときものに、私がされてしまったのだ。思念の波の焦点が強く私にむけられ、計画の青写真が送り込まれた。すべての異常のはじまり、夢がしだいに鮮明となってきたのは、その時期だったのだろう。一般の人よりいくらか神経の敏感な易者には、手が触れあうことでそれを感じることができたのだろう。だれかがそばで私をみつめているようなけはいを感じたこともあったが、それにともなう副作用だったのかもしれない。

そして、まず連絡用の装置が作られた。水沢女医とも話題にしたことだが、ただ、たまたま私が腹話術師だった。箱型の装置をレコーダーとかんちがいし、催眠用のテープをいじったりしたため、表面にあらわれてしまった。地下水のごとくに、ひそかに静かに進行すべきところにむけ、パイプを打ちこんでしまったのだ。どっちがよかったろうか。どっちにしろ、好ましくない点では大差ないにきまっている。

「その計画が成功したら、どういうことになるんだろう。影響はないのか」

「知らないわ。悪くはならないいんじゃないかしら」

本当に知らないのだろう。下級社員は普通、大局の方針などくわしくは知らない。前進基地には作戦の全容についての情報など、不要なのだろう。悪くはならないという判断も、どっちの立場での発言かわからない。本部なら知っているのだろうが……。

本部と交渉したらわかるだろうか。たぶんだめだろう。あの感情の鞭がそれなのだ。

すさまじいまでの解放への妄執の流れだ。鳴りわたるサイレンにむかってのささやきかけ、荒れ狂う台風に対して口笛を吹くようなものだ。流れ落ちる滝の水を、手でせきとめるほうがまだやさしい。また、たとえ交渉ができたとしても、成立するわけがない。突破への欲求にこりかたまっていて、他を考慮するような相手ではない。鞭を二回受けて、この点だけは身にしみて理解できた。

私はゆっくりと、はっきりした口調で質問してみた。

「その計画を防ぐ方法は、こっちには残されてあるのか」

「さあ……」

期待していた明確な返事は得られなかった。いいえ、ならあきらめ、ええ、なら頑張ろうというひそやかな試みは不成功だった。成否が不明だからだろうか。方法は残されているのだが、水沢女医の暗示も、閉じた空間の内部からの必勝の妄執とで相殺《そうさい》され、あいまいな口調となるのだろうか。いずれにせよ、これに関連した質問は、すべてあいまいな答となるにちがいない。

私が黙ったままでいると、クルコのほうから呼びかけてきた。

「事情はわかったでしょう。ほかになにか、聞くことはないの」

「ない……」

私はうめき声で答えた。散々にかきまわされ、混乱で呆然《ぼうぜん》となっていた。私は横になった。疲れてもいたし、事態を整理したかった。また、依然として気になる部分、いままでかくしていたのに、なぜ急に知らせてくれたのか、についても考えてみたかった。

私や周囲を観察し、大丈夫と見きわめをつけたためだろうか。それにしても、秘密に進めたほうが、はるかに安全なはずだが……。

ふいに、ひとつの仮定が浮かびあがってきた。かつて、クルコがくりかえして言った「忙しいのよ。じゃましないでよ。話しかけないでよ」とかの文句を思い出したのだ。これが鍵《かぎ》だ。

そこへ持ってきて、私が腰をすえ、全容への追究をはじめた。いつ終るともしれぬ愚問を並べはじめたのだ。まったく、相手が知らせてくれなかったら、無限に近い時間を費したかもしれない。

これにかかわりあっていたら、計画の進行はおくれるばかり。それならば、私が手も足も出ない状態にあるのだから、ある程度までを知らせて、質問の蛇口を閉じたほうがいい。こんな判定の結果なのだろう。

みごとな敵の作戦だった。私はやすやすと、それに引っかかってしまった。しかも、やや優勢と喜びながら。

「そうだったのだろう」

と、不愉快な気持ちでたしかめてみた。はっきりと答があった。

「ええ。そうよ」

自信にあふれているようだった。よし、相手がその気なら、こっちも対抗してやろう。あくまで話しつづけ、計画を妨害してやるのだ。

壁を突破しようとしているのは、相手のほうだった。私の立場は、それへの妨害の壁を築くべきなのだ。絶えることのない質問という材料で。しかし、もはやなにも残っていない。すべてが雨となって降り、雲ひとつない青空にむかって、雨乞《あまご》いをはじめようとするように……。

まわりを取り巻いている、どす黒い煙がやっと消えた。すがすがしさを味わおうとして見まわすと、草ひとつない果てしない砂漠に、ひとり立たされている自分に気がついた。たとえれば、こんな状態におちいったのだ。

# 8

思い悩む場合の姿を形容する慣用句に、頭をかかえて、というのがある。私もまた、しらずしらずのうちに、そのとおりの姿勢になってしまう。机にむかって両ひじをのせ、ふたつの手のひらのあいだで頭をはさみ、ひとりでつぶやくのだ。

「ああ。いっそ、死にたいくらいだ」

この頭の内部には、閉じた次元のなかとかいう未知の世界からの、前進基地がもうけられてしまっている。そして、計画達成をめざして活動中なのだ。妨げる手段はないらしい。あるいは、方法があるのかもしれないが、考えつかないのだから、ないのと同じことだった。

やつらの計画が成功したら、どんなことになるのだろう。見当のつけようがなかった。しかし、地下にあった空洞が、とつぜん地上に開いたとする。地崩れや建物の倒壊など、当然ある種の事故をひきおこす。それを大がかりにし、さらに段階を高めた形での影響……。

想像できないとはいうものの、恐るべき事態になるだろうとは推察できた。こんな分野の専門家に、もしあればの話だが、聞いてみたかった。しかし、むだだろう。すぐに組織網の手がまわるのだ。

閉じた次元のなかのやつらは、自分たちへの影響に関しては、計算しているのだろう。また、それを排除する用意もととのえているだろう。かりにやつらが友好的とすれば、それへの対策を、こちらにも伝えてくれていいはずだ。だが、いままでにそんなけはいはなかった。伝えられたものといえば、解放への気ちがいじみた執念だけだ。

やつらとすれば、私と私を通じての組織網を利用しさえすればいいらしい。無理もないことかもしれない。人間は蜜《みつ》を得るため、ハチを働かせる。だが、ハチに対してどんな感謝の行為を示しているだろうか。それに似たようなものだろう。もっと差が大きいかもしれない。人間と微生物ぐらいだろうか。私たちは酒を作るために、微生物を巧妙に利用する。しかし、酒さえ作ればもはや不要。消毒殺菌を行ない、杯を傾け酔い心地を楽しむだけだ。異種の生物間には、本来、同情など存在しない。

まったくの異質な生物。やつらのことを考えはじめると、胸がむかむかしてくる。空間の空洞が開くだけの物理的な影響なら、抽象的な段階にとどまり、恐怖の実感がそれほどには迫ってこない。しかし、なかはからっぽでなく、強烈な意識の持ち主がうごめいているのだ。それがあらわれてくるのだ。

人間は古代から、悪魔、吸血鬼、海神、鬼婆《おにばば》など、あらゆるものを空想で作りあげた。だが、いずれも形があり、それが不気味さに限界の線を引いている。考えてみれば、透明人間などは、最もこわい存在かもしれない。しかし、人間であるという前提が、いくらか緩和の働きをしていないだろうか。

やつら、次元の扉をこじあけ出現しようとしているやつらに関しては、直面するまで、なにひとつ予測できないのだ。形も、行動も。

行動について、むりに想像をめぐらしてみる。やはり、いいことはなさそうだ。待ちに待って獲得した解放感というものは、ただでさえ、ろくな結果をひきおこさない。卒業式がえりの生徒。いや、強引な脱獄に成功した、無期刑の囚人だ。なにをやるか、わかったものではない。

クルコがかつて口にした「人間て最低ね」とかいう言葉が、不吉な響きで記憶のなかを浮き沈みした。世の終りといっても、言いすぎではないだろう。もっとひどいかもしれない。たいしたことはないだろう、と自分を慰めたかったが、気休めになる根拠はなにもない。空をおおいはじめた厚く黒い雲を指さし「雨にはならないさ」と言えるものではない。

机にむかって頭をかかえていても、事態は少しも改善されない。気分転換のため、私は散歩に出た。といって、どこへというあてもない。うつろな気持ちで足をひきずっていると、不意に目の前になにかが落ち、激しい音をたてた。あわてて身を引き、よく見るとカワラだった。新築中の家の屋根から落ちてきたらしい。

「おい、危いじゃないか、もう少しで頭に当るところだったぞ」

こう叫んで上をむくと、屋根の上で職人がしきりに頭をさげ、あやまっていた。

「すみません。おけがはありませんでしたか。なぜか、ふと手が滑ってしまったので」

私はすぐに理解した。意識はしていなかったが、いつもの習慣で、つい西田医院の方角へと歩いていたのだ。壁の一端では、相手を責めてもしようがない。

「いいんだ。こんごは注意してくれよ」

と、私は無意味なあいさつをかえした。職人がいくら注意したって、指令による行動では防ぎきれない。私は西田医院への道を避けた。妨害があるのは、水沢女医がまだ健在なためだろうな、と思いながら。

薬屋が目に入り、私は立ち寄った。そして、思いついたことを口にした。

「自白薬とかいうのはありませんか」

西田医院へ行きつけないのなら、自分でやったらどうだろう。薬とともに、レコー

ダーを使って暗示をかけてみたら。しかし、それもだめだった。白い服の薬剤師らしい女は、

「さあ、うちでは扱っておりませんが」

と、変な顔をしている。この種の薬品は、普通の店で簡単に入手できるものではないだろう。また、できるとしたところで、組織網は渡してくれないにきまっている。

私は睡眠薬を買い、そこを出た。

増田屋に寄ってみようかとも思った。異常をひっぱり出した時に使った催眠テープ。あれを使って、ふたたび封じ込めることができたら、どんなにいいだろう。だが、苦笑いとともに中止した。増田にも組織網の力が及び、忘却現象にみまわれている。この案もあきらめるべきだった。

私はのろのろと街をさまよった。しかし、心のなかでは、あたふたと駆けまわっている状態だった。そして、夕方に部屋にもどり、テレビ用の台本を一回分だけ書いた。もちろん、いい出来ではない。

眠る前に、クルコにむかって、嘆願とも哀訴ともつかない声で質問した。

「どうなんだ。ここの前進基地を、ほかの人に移動してもらえないかな。だめかい」

世の終りの訪れは仕方ないとしても、その責任者となることには耐えられない。し

かし、その解除は許されなかった。

「ええ。だめよ」

答は無慈悲であり、明瞭《めいりょう》だった。


朝。濃くしたコーヒーを飲みながら、クルコに声をかけた。もともと限りない質問攻めで、相手の計画を少しでも手間どらせ、時をかせがなくてはいけないのだ。しかし、しぼりつくしたレモンから、さらに果汁を取ろうとするのに似ている。渇水期《かっすいき》の水道の蛇口だった。それでも、一滴だけしたたったのだ。

「実行の予定日は、いつなんだい」

「いつでもいいでしょ。知らないほうがいいわよ」

「そうはいかないさ。一年ぐらい先か」

「いいえ。ちがうわ」

しばらく、質問をつづけることができた。一年以上か以内かを聞き、範囲をしぼり、私はその日時をたしかめた。そして、答を聞くとともに、一瞬、気が遠くなりかけた。

「ええ。三日後よ」

そんなに切迫しているとは。たしかに、知らないほうがよかった。だが、もはや手おくれ。外へ飛び出し、絶叫してまわりたい気分だった。しかし、そんなことをしても役に立つわけがない。警察、新聞社、大学、研究所。どこへ訴えてみても、結果はわかりきっている。壁があり、組織網があり、忘却現象がある。それらがなくてさえ、まともに取りあげてくれそうもない問題なのに……。

「どんな方法でやるんだ」

いくらか気を取りなおし、質問を加えた。

「装置を建造中よ」

すぐに答えてくれたのは、三日後に迫って忙しいためなのだろうか。どんな装置なのだろう。たぶん例の箱型の機械を、さらに大きく高性能にしたようなものだろう。無意識のうちに、だれかが図面を引く。それを受け取っただれかが、図に従って部品を作る。それらをまた、だれかが運び、集め、組立てているのだろう。アリが考えもなく本能のままに動き、エサを集めて巣のなかに並べているように、整然と進行しているのだろう。

「どっちの方角だ。南か」

「ええ。そうよ」

私は意気ごみ、その場所を確認しようと思ったが、やめてしまった。知らないほうがいいからではない。知ったところで、どうせ壁のかなたにきまっている。質問攻めにしたって、すぐに終りだ。三日後が、三日と五分後になるだけのことだ。

それに、きょうは外出する日だった。昨夜書いた台本を持ち、テレビ局へむかった。世の破滅が三日後に待ちかまえている時、テレビ局へ行くのは無意味なことかもしれない。といって、無意味な点では、部屋に閉じこもっていても同じではないか。

恵子を相手としての録音は、まったく精彩がなかった。これが最後だろうか、と考えているせいもあった。何回もやりなおしを重ねなければならなかった。コメディーの台本を書いた時には応援してくれた組織網も、いまは少しもあと押ししてくれないらしい。まもなく用ずみになる前進基地だから、もう、そう面倒をみることもないのだろう。

ちょっと休憩した時、恵子が言った。

「本当に、どこかぐあいが悪いんじゃないの」

「頭が痛いんだ。頭をちょん切って、捨ててしまいたいようだよ」

前半は、このあいだも使った、ありふれた弁解。後半は本心だった。頭を切り取り、敵の基地を粉砕できたら、どんなにさっぱりすることだろう。

だが、立ち合っていた担当のディレクターは、それをべつな意味に解釈し、私に言った。

「しっかりしてくれよ。頭じゃなくて、首をちょん切られることになるぜ。一時的に人形の声を吹き替えにするならともかく、きみの声までに吹き替えをつかうことになったら、問題になる。とても、ぼくの力では処理しきれない」

「ああ、わかっている。つぎには絶対に迷惑をかけない。責任を持つよ。つぎもこんな調子だったら、番組をおろされても文句は言わない。覚悟しているよ」

私の断言で、ディレクターはいちおう承知してくれた。なんなら、もっと約束を追加してもいい。つぎの時など、ありはしないのだから。また、約束の責任を問う者も、問われる者も。

あぶら汗を流しながらも、なんとか録音を終えた。そんなにまでして、やらなければならない仕事だったろうか。

「お大事にね」

と、恵子はそっけなく言い、部屋を出ていった。私をそっとしておこうという配慮なのだろうか。あきれたのだろうか。つぎには全快するという断言を、交際の終りと受け取り、気にさわったのだろうか。

頭が疲れ、彼女の気持ちを察するどころではなかった。からだもまた、ぬれた布のようにぐったりとしていた。追いかけて声をかける気力もわかなかった。単なる世の終りなら、彼女とともに残された三日を、純粋な愛の時間で埋めつくすのもいいだろう。いや、当然それ以外には考えられない。だが、私は唯一《ゆいいつ》の関係者なのだ。のんびりと、そんなことをするのは許されない。また、やってみたところで、罪悪感という苦痛がいま以上に高まるばかりだろう。悔いのない愛情どころか、後悔だけの味わいだ。

やがて私は立ちあがった。疲れていたし、食欲もない。帰宅することにした。部屋にいても無意味と思って外出したのだが、いまは、外出しても無意味と思う。思考と同じに、からだもまた落ち着かないのだ。

途中、駅のホームで電車を待っている時、注意が散漫になったためか、ホームから足をふみ外しかけた。電車の近づく轟音《ごうおん》が大きくなり、ふと「死ぬのかな」と感じた。

しかし、幸いなことに、電車は急ブレーキをかけ、また、近くにいた人たちが駆け寄り、ひきとめてくれた。私はほっとし、お礼を述べた。

「おかげで助かりました。もう少しで線路に落ちるところでした。脳貧血で、ふらふらしてしまったようです」

「どういたしまして」

「お気をつけて」

人びとは恩着せがましくなく答えた。人はだれでも、他人の危険を見ると、本能的に救おうとする。私もその本能で、人びとを救わなければならないのだ。しかし、できるだろうか。

電車に乗り、まわりを見まわすと、あたりの人たちが気の毒でならなかった。世の終りがすぐそばまで忍び寄っているのに、それを知らないでいる。週刊誌を読んでいる人。談笑している人。ひとりでいる人は、なにを考えているのだろう。来週の会のことだろうか。つぎの休暇の旅行についてだろうか。だれもみな、現在までつづいてきたごとく、あすもまた、あさってもまた、と素直に信じこんでいる人びと……。

アパートの部屋に帰ったものの、することといえば、難問とともに寝そべることだけだった。気の毒なのは、他人ではない。私のほうだ。彼らは知らずに破滅を迎えるのだが、私は知っている。彼らは自己の責任ではないが、私は責任を負う立場にある。いてもたってもいられない気分。こんな状態ではないのだろうか、発狂の寸前とは……。

「そうだ」

私は声をあげた。発狂。狂気になればいいのだろう。残された方法は、これしかない。頭が健全だからこそ、前進基地としての役に立っている。狂気の頭ならば、暗示をかけなくても混乱がおこり、使用不能におちいるはずだ。

名案を思いつき、私は勢いこんで身を起しかけたが、すぐにもとの姿勢にもどった。名案は名案でも、実行不可能の名案だった。できっこない。いかにあこがれても、狂気だけは身につけられない。かつては、あんなに恐れていた狂気が、いまや、望んでも手の届かない形になった。皮肉なものだ。

しかし、私はやってみることにした。ふたたび立ちあがり、柱に頭をぶつけてみたのだ。ひとが見たら、まさに狂気とおもうだろう。罪を犯した場合だったら、この行為の観察により、精神異常と判定され、無罪にしてくれるかもしれない。だが、現在の敵に対しては、外見は少しも効力を示さない。実質の狂気でなくてはならないのだ。

頭は痛かった。だが、悲しいことに、その痛みは外側だけにとどまっている。いかに招こうが、狂気は訪れてこない。研究でもすれば、狂気になれる方法があるのかもしれない。だが、二日と数時間では、どんなに素質があってもだめだろう。

今晩は早目に眠ることにした。あせればあせるだけ、いい考えは遠ざかるものだ。ぐっすりと眠れば、頭もすっきりするにちがいない。またしても皮肉なことだった。招きよせようとしていた狂気を、今度は遠ざけ、明晰《めいせき》を呼ぼうというのだから。どうせ、狂気にもなれないごとく、明晰にもなれないのだろうが……。

寝じたくをし床にはついたが、眠れそうになかった。頭がさえるばかり。さえるといっても、もちろん明晰ではない。ガラスの塊のようだった。つめたく透明であり、動きはなく、なかをかきまわすこともできず、いくら待っても、なんの像も浮かんでこない。

ウイスキーを飲み、きのう買った睡眠薬を飲んだ。それすらも、役に立たない。少しも受けつけず、ガラス塊のまわりを流れ落ちてゆくだけだった。

私はウイスキーと薬とを追加した。ほかに、どんな眠る方法がある。どれくらい追加したろう。ガラスの塊が白く濁りはじめ、曇りガラスに変った。静止したままだったのが、不気味な揺れを見せはじめた。頭がもうろうとしてきたせいだった。つい飲みすぎて、量を越えたのでは。不安が頭にただよった。からだを動かそうとしたが、できなくなっていた。あわてても、がこうとしても、手はこわれた義手となっている。不安がたちまち凝固し、死という語に結晶した。

反射的に、生への執着がふくれあがった。助けを求めるための声をはりあげようとしたが、それもできない。吐く息は、のどを抵抗もなく通り抜けるだけだった。死を追い払う方法は、どこにもなかった。

死ねばいいのかもしれない。そうすれば、敵の基地も消滅するのだ。いままでは触れまいとしてきた、最後で可能な唯一の撃退策が、鮮やかな論理によって押し出されてきた。うむを言わさず、私を説得しようとする形で。

それは私にも理解できた。しかし、一方生きたいという望みも、また強力だった。全人類を守るためとはいえ、死はあくまで拒絶したかった。

私はあらゆる力を、手に集中した。手はやっと十センチほど動きはしたが、酒のびんを倒しただけにとどまった。残り少ないウイスキーはこぼれ、手の甲をぬらした。冷たさはあったが、活気をもたらすほどのものではない。

こんどは、声に力を集めた。だが、はりあげたつもりでも、ハエの飛ぶ音にも及ばない。遠くを走る自動車の音、どこかで鳴っているテレビかラジオの歌声のほうが、私の耳にはずっと大きく入ってくる。

まぶたは閉じたまま。手と声に残った力を出しきり、目を開く力はなくなってしまった。抵抗は長くつづかなかった。どれくらいの時間を費したかわからないが……。

肉体的な力だけでなく、気力もおとろえてきた。執着にかわって、あきらめが心の場所を占めてきた。あきらめるべきなのだろう。私もこれだけ執着している生命、生活なのだ。他の人びとだって、同じことだろう。数十億人の他の人びとも。

その大切で貴重な生命や生活の集合であるこの世の中。その生命や生活を愛し、つみ重ねて今日に及んできた社会。また、さらに進みつづけようとしている世界……。少しもいいと思わなかったどころか、つまらないことばかりだと感じていた世の中だった。それが急に、すばらしく輝かしい存在に見えてきた。犠牲をささげても守る価値があるものと。たとえ、その犠牲が私であっても。

頭はさらに混濁してきたようだった。それほど苦しくない。これでいいのだろう。私が死ぬことで、他次元からの基地が、一応はつぶれるのだ。敵はあきらめないかもしれない。しかし、しばらく延ばせるだけでも、いいではないか。私にはこれだけしかできなかった。言葉を変えれば、これだけはやったのだ。

つぎには、だれが不運な標的にされるのだろうか。その人は、私よりもうまく処理してくれるだろうか。それだといいのだが……。

私はもがくのをやめ、覚悟をきめた。恐怖は薄れ、あきらめの念も不要となって去っていった。その空白を埋めるかのように、つまらない記憶が、なぜかちょっと顔を出した。死の寸前には、くだらないことが頭を横切るものなのかもしれない。突然の地震にあうと、愚にもつかない品物を運び出すように。

いつだったか、コメディーの台本に使ったギャグ。殺し屋が相手を追いつめ、引導を渡す。「もう逃げられないぞ。拳銃《けんじゅう》にしようか、ナイフにしようか。なんでもお好みの死に方を選ばせてやる」と。すると相手はこう答えるのだ。「では宇宙戦争での戦死をさせてくれ」

書く時は、なにげなく書き流したものだった。それが私自身、似たようなことになるとは。運命の警告だったのだろうか。案外、私の最高傑作のアイデアだったのだろう。

もはや顔の筋肉は動かなくなっていたが、私は笑った。ギャグを思い出しての笑いでもあり、恵子を含めたすべての人の未来を祝う笑いでもあり、人類に役立ったことへの満足の笑いでもあり、そして未知の敵へむけてのあざけりの笑いでもあった。

私は生への執着の手を、完全に放した。あらゆる力と意識とが静かに抜け、消えてゆくようだった。煙が立ちのぼり、虚空《こくう》にそれぞれ散ってゆくように……。

どこからともなく、感覚がもどってきた。なんともいえない不快感がとりまいている。最も不快な音とは、皿をナイフでこする音だろう。最も不快なにおいは、ゴミの山の腐臭。最も不快な触感は、ナメクジにはわれる場合だろうか。そのほか、最も不快な色、形、動き。なにもかも一挙に襲いかかってきたようだった。

地獄の責苦に、ありとあらゆる病気に同時にかかるというのがあるそうだ。それにやられているのだろうか。

目を開こうとしたが、それを押しとどめるかのように、目のまわりに不快感が集ってきた。眉間《みけん》の肉に、ウジムシがもぐりこんだようだった。

しかし、やっと少しだけ開くことができた。光があった。さっきの自分の部屋だった。死ななかったらしい。こう判断しかけたとたん、声がした。

「気がつきましたか。しっかりなさい」

聞きおぼえのある、管理人の奥さんの声だった。それにつづいて、聞きおぼえのない男の声。

「もう大丈夫です」

だれだろう。目をさらにあけると、年配の男の姿があった。聴診器を持っているところから、医者らしかった。彼はまたしゃべった。

「まにあってよかった状態です。普通でしたら、手おくれだったかもしれません。くわしい検査をしなければ、はっきりとは申しあげられませんが、心臓が平均以上に強力だったのでしょう」

その言葉で、私は助けられたことを確認した。さっき味わった、平和な悟りの境地がなつかしくてたまらなかった。とんでもない医者だ。医者とすれば、人命を救うのが義務なのだろうが、私を助けることで、全人類の息の根をとめることになるのがわからないのか。私は「やい、なぜ助けた。せっかく死のうと思ったのに」と、どなろうとした。

だが、その時、憤《いきどお》りとともに不快感が胸から逆流し、言葉ではなく嘔吐《おうと》となって口から出た。そして、つめたい水を飲まされると、いくらか不快感はおさまった。私は聞いてみた。

「どうしたのでしょう」

管理人の奥さんは答えてくれた。だが、不快感はその声に移っていた。

「どうもこうもありませんよ。電話がかかってきて、お知らせにきたのですけど、ベルを押しても、いくらたたいてもだめ。たしかにいらっしゃるはずなのに、と気になったので、合鍵《あいかぎ》を持ってきてあけたのですよ。すると、この始末じゃありませんか。すぐ、先生に来ていただいたのですよ。人さわがせも、いいかげんにして下さい」

「すみません。とんだご迷惑をおかけしました……」

私はひたすらあやまり、お礼をくりかえした。ほかに言うべき文句もない。だが、事情がわかるにつれ、憤りが内部のほうに燃えひろがっていった。

これもまた、組織網の力だったのだ。私が死を決意したと同時に、周囲が動員され、指令によって電話がかけられたのだろう。

「で、電話はどこからでしたか」

くだらない質問は、奥さんを怒らせた。

「なにをのんきなことを。名前はおっしゃらなかったようですが、聞いたとしても、それを覚えていられるような、簡単なさわぎじゃなかったんですよ」

まったく、くだらない質問だった。電話も果してかかってきたのかどうか、わかったものではない。単なる口実で、管理人の奥さんも医者も近くで待機していたのかもしれない。

そばの医者が口をはさんだ。

「自殺なさるおつもりだったのですか」

「とんでもない、ちがいますよ。眠れなかったもので、つい……」

私は否定した。これ以上、見えない力による芝居に巻きこまれるのは無意味だし、たまらないことだ。いいかげんでひとりになりたかった。医者は私に言った。

「二、三日のあいだは、ゆっくり休養なさるように。これからは、睡眠薬は慎重にお使いになるように……」

二、三日たてば、どうなるというのだ。しかし私は、二人にていねいに礼を言った。医者といっしょに、管理人の奥さんもぶつぶつ言いながら出て行った。そのうち、私に立退《たちの》きを請求してくるかもしれない。だが、その点を気にすることはないだろう。あと、二、三日のことではないか。

私はあたりのよごれをぬぐい、顔を洗い、シーツをかえ、また横になった。やれやれ、死ぬ自由もないらしい。そういえば……。

昼間の経験を思い出した。駅のホームで倒れかけた時のことだ。考えてみれば、電車のブレーキも余裕をもってかかったようだし、うしろから抱きとめた人びとの手も早すぎた。普通だったら、ああまで手ぎわよくは運ばないのでは。

基地である私は、たえまなく護衛隊で守られているのだ。生かさず殺さずとは、むかしの王の国民に対しての方針だったそうだが、私の場合は逆らしい。

いやな気分だった。真剣に悩み、迷い、死を覚悟し、決意するまでの段階を、まわりでそっと待機しているのだから。人の悪さの極致ではないか。

私はかっとなり、台所に飛んでいって、包丁でのどを突きたい衝動を持った。しかし、それだってだめなのだ。間髪をいれず、その寸前にだれかがさりげなく訪れるしかけだろう。窓から身を投げても同じだろう。あるいは、綿でもつんだトラックが通りがかることになる順序だろうか。狂うことができないように、死ぬこともまた不可能なのだ。どんな元首もいまだ持ったことのない、忠誠そのものの保証つき護衛隊だ。効力はあとわずかの時間とはいえ……。

それまでは、王の退位は認められない。王をやめるのは、治下の全国民、全領土とともに、死の破滅という運命の時でなければ許されないらしい。私は体内の睡眠薬の残りと、注射されたらしいカンフルの作用のつりあった、妙な気分で横たわりつづけた。

あと二日。すなわち、きょう一日と、あすとが残されているはずだ。昼ちかくになって、うつらうつらした仮眠からさめると、私はまたも追いたてられる気分の渦に入った。

なにかをしなければならない。しかし、なにができるだろう。なにをしたらいいのだろう。依然として方法は浮かばなかった。

質問攻めだろうか。重複したことでも、関係のないことでもいいから質問し、答えさせる。二に三を足すと五とか、いったことでもいい。クルコは答えるだろう。だが、これは防止ではなく、さきの見えた延長にすぎない、また、それをつづけるあいだに、こっちも考えることはできないのだ。

なにか、防止法、撃退法を考え出さなければいけないのだ。しかし、なにができる。思考は、その単純な軌道を循環するだけだった。何回循環したことだろう。狂うことも、死ぬこともできない。また、行動をはばむ強力な壁。この透明な檻《おり》のなかで、どう戦ったらいいのだろう。私は行きつ戻りつする、動物園のクマだった。

しかし、なにかすっきりしない個所がある。どこかに敵の弱点があるように思えてならないのだ。私がこれほどまでに頭を酷使してきたのは、心のどこかでその存在を予感していたためではなかったろうか。クルコに聞いてみようか、とも考えた。だが、以前に試みた時と、同じ答が出てくるだけだろう。「さあ……」という、あいまいな口調の。

しかし、なにかがある。わかりきったことで、簡単な、しかも大きな盲点が残っている。あくまで直感であり、論理的に達した結論ではないのだが。いや、論理的に考えすぎているせいかもしれない。大きすぎる盲点とは、理屈で押してもだめなのだ。たとえば、ドアから脱出しようとして、押し、体当りまで試みる。だが開かない。手前に引けば軽く開くのに、といった……。

私はそれを発見してやろうと決意した。といって、決意に燃えたってはいけないのだ。精神の集中に熱狂してはいけない。何本もの竿《さお》を使って魚を釣るのに似た、平均して分散した、静かな緊張が必要なのだ。時が迫り、追いたてられる雰囲気のなかでのそれは、さらに困難かもしれない。

困難であっても、やらなければならなかった。そのうち、どことなく、かすかな手ごたえが感じられた。なにかがひそんでいる雲。そのなかをさぐれば……。もうちょっとだ。

その時、ベルが鳴り、来客を告げた。出てみると増田で、彼はこうあいさつした。

「じつは、月賦《げっぷ》の集金にお寄りしたわけですが……」

「そうだったな。ちょっと入りませんか」

金だけ渡してすむ相手でもなかった。支払いだけでもよかったのだが、精神を分散させていたためか、日常の習慣が出てしまった。

お茶を一杯すすめたが、話題は単なる雑談以上には広がらなかった。事態の急迫を告げたところで、増田も組織網の一員なのだ。彼のほうも、プラスにもマイナスにもならない会話で応じ、しばらくして帰っていった。

それをなにげなく見送り、私は重要なものを持ち去られたことに気がついた。マイナスだったのだ。時間をつぶされた点もあったが、それ以上の問題。さっきまで苦心して、せっかく育てあげ、芽をふくところまできたインスピレーション。それが、あとかたもなく消えてしまったのだ。

私はがっかりした。しかし、落胆しているのは時間のむだ、敵を利するだけのことだ。もう一度、それを育てなおしてみよう。私はドアの外に、外出中の紙を貼《は》り、鍵をかけた。毛布をかぶり、さらに耳に栓をした。こんどは、こちらで、壁を築いてやるのだ。敵は地震か火事をおこすだろうか。そうなったら、そうなった時のことだ。

私は風で吹き散った雲を呼びかえそうと努力した。もちろん、楽な作業ではない。死にたくなるほどの苦しさをともなっていた。しかし、死ぬこともできないのだ。絶対にできないのだろうか。そうらしい。駅のホームの例、また、睡眠薬の例でもはっきりしている。組織網の力で、完全に守られているのだ。それなら撃退することはどうだろう。西田医院への途中の壁でもわかる通り、絶対に不可能だ。

思考は両端を往復し、またも循環の道におちいってしまった。この循環からは出られないのだろうか。インスピレーションが形をとりかけると、こんども邪魔が入るのだろうか。地震か火事のような、どうしても逃げなければならない形の。

しかし、どこかに矛盾があるような気が……。

「あった」

　私は突然、大声をあげていた。最悪条件の下でトランプ遊びをし、劣勢をきわめ、敗北が決定する寸前に、最後の一枚で逆転の切札を引きあてた気分だった。敵の弱点を発見し、手に握ったのだ。私はゆるめることなく、それをたぐり寄せた。私をあくまでこばみつづけてきた、強力きわまる壁。これを逆に利用してやるのだ。いままでは突破を試みても、途中で引きかえしてしまった。だが、あくまで強行したら……。

　矛盾がおこるのではないだろうか。矛盾。文字通りの矛盾だった。絶対的な矛と、絶対的な盾。同時には存在できないはずだ。私という、保証つきの最強の矛が、壁という最強の盾にぶつかる。どちらかが、ぼろを出さなければならない。

　そして、それはどちらでもいいのだ。私が死ねば敵の基地がつぶれる。壁が崩れれば、敵を撃退できる。こんな有利な作戦に、なぜ今まで気がつかなかったのだろう。生への執着という大きく濃い影にかくれていたのだ。影が消え、照明がそこに及んだためだろう。

　もちろん、壁のほうが崩れてくれ、私が勝ち残ってくれれば申しぶんない。しかし、壁のほうが勝ち、私が倒れるのもやむをえないだろう。これを決行しなかったら、いずれにせよ、すべてとともに私も破滅するのだ。

このために残された時間はあした一日。いや、まだ今晩という時間もある。ためらっている場合ではなかった。どこをねらうべきかを考え、ひそかに建造され、始動寸前の状態にある、その装置を破壊することに目標をきめた。私が到達できて破壊に成功するか、私が破壊されるかだ。急がなければならない。時限装置でもつけられたら、どうしようもなくなる。

そこで、位置をクルコに確かめることにした。

「その装置のある方角は、南だったな」

「いいえ」

と、意外な答。まえとちがっている。その理由も知りたかったが、まず所在を確認するほうが先決だ。方角を順次に聞き、

「ええ。南西よ」

と、知ることができた。つぎは距離。範囲をせばめながら、私は追及していった。だが、知ったとたん、ため息をついた。その場所は、海の上ではないか。船につみこんで、航行中という形らしい。これでは、一日と数時間では行きつけない。海上では、テレパシーによる指令をどうしているのだろう。おそらく、レコーダー型の連絡器がすでに数多く作られ、各所に配置されているのだろう。それで、人間のテレパシーを

補っているのだろう。

私は装置への進撃を、断念しなければならなかった。

私は西田医院へむかうことにした。次善の策だった。コーヒーを一杯飲み、ふらふらする足どりで外出した。「二、三日は休養するように」と医者に注意されているだけあって、力強い歩みとは言えなかった。だが、心は勇躍している。決して退かない。壁への挑戦を試みるのだ。いまは夕刻の診療時間。壁は出現するはずだ。今回は、どんな出現のしかたをするだろう。

商店街は、いつもと変らぬ光景だった。危機があと一日に迫っているというのに。また、私にとっては、これが見おさめとなるかもしれない。ゆっくりと、眼に焼きつけ、別れを惜しみたくなる気持ちだった。だが、そんな感傷よりも、どこで壁につき当るかのほうへの関心が強く心を占めている。

横から呼びかける声がした。そっちを見ると増田だった。例によって、あいそのいい顔で、新しく入荷した来客用ベルがわりのチャイムとやらを、すすめはじめた。

「あしたにしてくれよ」

と、私は断わった。運命の日が明日に訪れてくるというのに、月賦で売りつけるのに熱中するとは……。

しかし、笑ってもいられない。組織網の力は、あくまで私をはばめばいいのだ。彼はしつっこく話しつづける。通りがかりの人は、だれも助けてはくれない。事情を知らないのだから。

　自分だけの行動で突破しなければならなかった。私は押しかえし、いささか乱暴に振りきった。増田はいちおうあきらめたらしく、頭をかきながら、店へ戻っていった。

　私は歩きはじめた。しかし、これで壁を突破できたわけでもないだろう。壁は強力であり、二重三重に立ちふさがるはずだ。

　うしろから女の声がし、それがくりかえされ、大きくなっていった。

「もし、もし」

　そら、またきた。ふりむいてみると、若く魅力的な女性が呼んでいる。私は思わず足をとめた。しかし、硬い口調で言った。

「なにか、ご用でしょうか」

「ええ。これをお落しなさったでしょう」

　手で紙入れを差し出している。二、三歩戻って目を近づけると、私のだった。服のポケットを押えたが、なくなっている。いま、増田を振りきろうと争った際、道に落したのだろう。「そうです。ありがとう」と口に出かけた言葉を押しもどした。

普通なら、こうお礼を言い、お茶にでもさそって感謝を示すべきなのだ。私にとっても、悪くない気分だ。しかし、いまはちがう。こんな事にかかりあってはいられない。

「ちがいますよ。きっと、あの家具店の人ですよ」

私は増田屋を指さした。彼女は妙な表情をしている。私の落すところを見ていたのかもしれない。あるいは、悪く解釈すれば、私が言い争っているすきに、すり取ったのかもしれない。だが、そんな検討も、金銭も、いまはどうでもいいのだ。私は女から離れた。

商店街から折れ、細い道を選んだ。どうせ壁と対決するのなら、堂々とやりたい。人ごみのなかで不意打ちをくわされるより、そのほうを望みたかった。暗殺されるより、戦ったうえでの死のほうがいい。それには、人通りの少ない道をたどるのがいいだろう。

人影はなかったが、むこうから自動車がやってきた。習慣で道のはじによけかけたが、気のせいか、自動車は私をめざしている。本能的に駆けもどりたかったが、すぐにわかった。これも敵の作った壁なのだ、と。逃げてはいけない。たちむかうべき時なのだ。

私は悠然と歩きつづけることにした。だが、内心は緊張で凍結していた。私をひき殺すのだろうか……。

自動車は警笛を鳴らしながら、速力をゆるめ、止った。運転手は窓から首を出してどなった。

「おい、警笛が聞こえないのか。つんぼめ」

いつもなら、私はこんな争いをしない。だが、いまは言い返した。

「ああ、つんぼだ」

運転手は下車し、けんかをしかねない勢いだった。だが、私はひるまない。決死の覚悟なのだ。あくまで相手になり、どうはばまれようが、なぐり倒してでも突破してみせる。そして、相手の様子をうかがった。

その意気ごみが通じたような形で、運転手は、あきれた口調で、

「気をつけろ」

と言っただけだった。私はそのそばを抜けた。うしろから飛びかかってくるかもしれない。この不安もあったが、なにもおこらなかった。自動車は動き出し、遠ざかっていった。

ここは一段落だった。私の勝利といえるだろう。しかし、これで終りということも

ないはずだ。つぎに敵は、どんな手を打ってくるだろう。西田医院へは、もうそう遠くはない。

ふと、その時、いままで考えもしなかった、不吉な想像が浮かんできた。このように壁が存在していることは、水沢葉子の健在を意味している。少なくとも、現在までのところは。だが、敵が私の不動の決意を知り、いかなる妨害も効力がなさそうだとなったら……。

敵は私への努力をあきらめ、攻撃を彼女に集中するかもしれない。たとえば、死をもたらして。そうなれば壁は不要となり、矛盾はなくなるのだ。

私は駆け出していた。早くかけつけ、彼女への攻撃を私が防いでやらなければならない。敵が矛盾を解消しようとすれば、こっちでそれを要求してやるのだ。私が盾となり、水沢女医をまもってやる。組織網の矛は、いやでもぶつからなければならないはずだ。

いずれにせよ、その対決のためには、一刻も早く西田医院に飛びこまなければ……。

私は息をきらせながら、それだけを考え、夢中になって駆けつづけた。もうすぐだ。だが、そのため、注意がおろそかになっていた。横町から、丸太を運んで出てきた男に対しても。

また、全速力で駆けすぎてもいた。私は丸太に勢いよく足をぶつけ、倒れた。倒れかたがよかったせいか、腕も頭もぶたなかった。だが、激しい痛みは、からだじゅうを洪水となって荒れ狂っている。その発生点は足。立ちあがれないほどの痛みだった。骨にひびでも入ったらしい。無理に立とうとすれば、さらに激しくなる。めりめりと痛みが音を発しているように思えた。

口からは、うめき声を出してしまった。丸太を運んでいた男は、あわてて私を助けおこし、抱きかかえて、あやまった。それから、そばの家のベルを押し、出てきた主婦に、救急車への連絡を依頼した。

痛みのため、私は少しのあいだ、使命を忘れた。どこからともなくサイレンの音が近づき、救急車がそばにとまった。私はやっと決意をとりもどし、痛みをこらえながら言った。

「すぐそこに、西田医院というのがあります。そこまで運んで下さい」

しかし、それは断わられた。

「あそこは内科です。専門の病院での手当てのほうが必要です。ええ、そう遠くはありませんから、ご心配はいりませんよ」

むりやり私は車に運びこまれ、救急車は動き出した。西田医院の前は、無情に通りすぎて。ここまで近づきながらと、私はくやしくてたまらなかった。敵のほうがうわてだったようだ。壁ととりくんだと思ったら、その壁が動き、私を運び去ってゆくのだから。

救急車は五分ほど走った。私はそれほど遠くない浜口医院に運びこまれ、手当てをされた。遠くはないといっても、入院を命ぜられ、一室のベッドに横たえられては、距離など問題ではなくなってしまった。

敵に対して、私はかぶとを脱がなければならなかった。ベッドの上では対抗のしょうがない。傷が足の骨では、飛び出すことも不可能だった。数歩も歩けないだろう。再度の挑戦を試みようにも、もはや道は閉ざされてしまった。

そばには看護婦がいる。おそらく、見張りなのだろう。すきを見て窓へはい寄り、身を投げようとしても、すぐにとめられる。矛と盾との対決は、巧妙にはなされてしまった。ひと思いに、舌をかみきったら死ねるだろうか。そんな死に方は好きでない。また、やったところで、ここは病院なのだ。すぐに医者が飛んでくる。死ぬことはできず、口がきけなくなるのがおちだろう。そうなると、ますます敵の思うつぼだ。完全に好都合な、生きた前進基地になってしまう。

装置への進撃も、西田医院への到達もだめだった。あの箱型の連絡器の破壊をやったほうがよかったろうか。いや、やはり同じことだろう。別種の妨害が入ったろう。また、一つ破壊してみても、予備の品がいくつも用意されているにきまっている。この病室の近くのどこかにも、すでに運ばれてきているにちがいない。

手も足も出ない。檻《おり》は厳重をきわめた形で、私を閉じこめた。それを思い知らされると、疲れがどっと押しよせてきた。なにをどうあがいても、敵には刃が立たないのだ。今度こそ、あきらめなければならない。痛みどめの薬のせいか、眠けも忍び寄ってきた。

あすは、人びとともに宇宙の異変に巻きこまれることにしよう。この最後の眠りを、心ゆくまで楽しもう。ほかになにができるというのだ。

最後の一日の朝が訪れ、私はベッドの上でそれを迎えた。いままでと変りなく、おだやかな朝だった。窓の外には晴れた空があり、白い雲がいくつか浮いている。

しかし、あすはどうなのだろう。あすという日そのものが、もはや存在しないのかもしれない。それを知っているのは私だけなのだが、もはや万策つきている。また、方法を思いついたとしたところで、動くことはできず、時間もない。

看護婦が運んできた朝食をとり、あとは横たわったままで、タバコでも吸うほかはなかった。

時は静かに流れていった。だが、この流れはまもなく、滝となって乱れるのだ。閉じた次元とやらが、どんなふうに開き、どんな相手が出現するのだろう。それは想像の外にある。知りたければ、待てばいいのだ。もう、そう長く待たなくてもいい。

私は待った。新聞や週刊誌を、いまさら借りて読むこともない。ただ、できれば酒でも飲みたいものだ……。

こう考えた時、ドアにノックの音がした。つきそいの看護婦は立ちあがり、ドアから首を出し、私に告げた。

「おみまいのかたがおいでですよ」

だれなのだろう。さらに看視兼護衛のふえるのがおちだろう。

ここまでくれば、だれでも同じことだ。もう、私は抵抗をせず、運命に従うつもりだ。これ以上好転することは考えられないが、悪化することもないだろう。

私がうなずくと、看護婦は訪問者を招き入れた。谷恵子だった。私は聞いた。おみまいのお礼より、疑問のほうが大きかった。

「どうして、ここがわかったのです」

「アパートにお電話したら、管理人の奥さんが教えて下さったのよ。事故におあいになったんですってね。どうなさったの」

と彼女は心配そうな声で言い、私は事実を答えた。

「事故といっても、ぼくの不注意だ。道を急いでいて、丸太につまずいてしまった。足の骨にひびが入ったらしい」

「大変だったわね」

「たいしたことはないよ」

世の終りにくらべたら、たいしたことはない。だが、恵子は変な受け取り方をした。

「そうね。足でよかったかもしれないわ。もし手だったら、番組をお休みしなければならなくなってしまうわ」

「ああ……」

手で人形を動かせても、番組を含めた、世の中のあらゆるものが終ってしまうのに。

私が浮かぬ顔をしているのを見て、恵子が手の包みを置いて言った。

「おみまいにウイスキーを持ってきたのだけど、いけないかしら」

「ちょうどよかった。飲みたいな、と思っていたところだった」

看護婦に聞くと、少しならいい、とのことだった。恵子は包みをあけ、グラスについでくれた。私はそれを手にした。外国製のウイスキーで、いいにおいがした。だが、別れの杯と考えると、ゆっくり味わう気持ちもわいてこない。私は勢いよく飲んだ。

そして、なんということなく、

「さて……」

と言った。いろいろな感情のこもった声だった。恵子を引っぱりよせ、自由にしたい衝動が、火花のごとくに輝いた。世の終りの時なのだ。それくらいは許されてもいいだろう。しかし、その衝動は火花のごとくに消えた。世の終りを知っているのは、私ひとりなのだから。

充分に相手をなっとくさせることは無理だ。看護婦もそばにいることだし、恵子は、この場では拒絶するにきまっている。また第一、強行しようにも、身動きができないのだ。それに看護婦だって、黙認してくれるわけがない。死刑囚は処刑の前に、なにか希望をかなえさせてくれるとかいう話だ。私にはなにひとつ認めてもらえそうにない。

わずかに許されたことは、ウイスキーをさらに飲むことぐらいだった。私はそれをした。

「なんなの」

と恵子が聞きとがめ、私は言った。

「じつは、ちょっと話したいことがあるんだ」

「わかっているわ。だけど、いまはまず、けがをなおし、元気を取りもどすことが先決よ」

恵子の言う通りだった。だが、彼女はなにもわかっていないのだ。私はただ「きみが好きだった」という意味の言葉を口にし、それとなく別れのあいさつを伝えるつもりだったのに。どうやら、それも許されないらしい。他の人びとと同じ扱い。王や予言者だからといっても、特権は与えられないのだろう。

あるいは、話さないほうがいいのかもしれない。私はいい気になっているが、彼女がはねつける場合だってある。それを知らされ、みじめな思いで、世の終りを迎えるのにくらべたら、このままのほうがいい。

また、いままでの経験を全部話してみようか、とも考えた。それと、感情を押えて交際してきた理由を。敵の計画もこれだけ成功に近づけば、もう、忘却現象や壁を発生させる必要はないだろう。他の人とちがって、恵子なら、ある程度は理解し、信じてくれそうだ。

しかし、信じさせてどうなるというのだ。私は満足感を味わうだろうが、彼女にとっては幸福だろうか。防ぎようのない世の終りを、あらかじめ知ることは、不治の病気を告げるのと同じ。この苦痛は、私ひとりでたくさんだろう。心に秘めて話さないことは、私にできる、敵へのはかない唯一《ゆいいつ》の抵抗かもしれない。

話しかけた口を持てあまし、私はそこにウイスキーを流しこんだ。看護婦はそれを見て、

「もう、それぐらいでおやめになったほうが……」

と、とめた。

もどかしさのため、心が乱れた。恵子さえたずねてこなかったら、もっと平静なままでいられたのかもしれない。そのせいでもないだろうが、変な眠さが音のない子守《こもり》唄《うた》のように、私を包みはじめた。なぜだろう。昨夜の睡眠不足ということもないはずだ。鎮痛剤もけさは使ってない。これくらいの量なら、酒に原因を求めることもできない。

ほぼ三十年の人生の疲労、それがもう働くこともないと知って、一挙に噴きあげてきたのだろうか。だが、そんな感じでもない。また、一昨日の睡眠薬さわぎの時ともちがう。となると、毒。ウイスキーのなかに毒でも……。

しかし、恵子がなぜ、そんなことを。私の置かれた立場を全部知り、世の中のために王を暗殺し、世界を救おうとしたのだろうか。だが、この仮定はすぐに捨てた。彼

女が事情を知っているはずがない。

　恵子になにか話しかけようとしたが、眠さの高まりかたは急速だった。抵抗しようがない。落ちてゆく意識のなかで、また別なことも考えてみた。敵は私をもはや用ずみとして、基地の破壊に移ったのだろうか。そして組織網を使って……。

　だが、なぜ恵子を私にさしむけたのだろう。あわれみの意味なのだろうか。それとも、皮肉。

　このなぞをなぞとしたままで死ぬのは、残念だった。目をかすかに開いてみた。だが、私をみつめる恵子の表情には、そのいずれでもない、といった印象があった。私の気のせいもあっただろう。たしかめる余裕はなかった。どっちみち、人生はなぞなのだ。眠さはさらに力を増し、私を意識の崖《がけ》から、容赦なく突き落した。私は落ちるのにまかせた。

　深い崖をはいのぼった。意識がもどってきたのだ。またか。なによりもさきに、私はその感情を握った。

　何回、こんな変な目にあわなければいけないんだ。からかうのも、いいかげんにしろ。

私を取り巻くすべての物に対して、うらみの念を連射してやりたくなった。殺すなら殺すで、早くかたをつけてくれ。宇宙をこわしたいのなら、好きなように……。

はっと気がついた。どうなったのだろう、世の終りは。終ってしまったのだろうか。考えるひまも、恐怖もなかった。反射的に目を開き、身をおこした。足には痛みが残っている。

ここはさっきの病室であり、私はベッドの上にいる。眠る前と変化はなかった。世はまだ、終っていないようだ。そばには看護婦がいる。私は聞いた。

「どのくらい眠ったのでしょう」

世の終りは、これからおこるのだろう。責任者である私は、目をそむけることを許されず、それに立ち合う義務があるのだろうか。だが、答は意外だった。

「二十時間ほどですよ」

どういうことだ。とすると、つぎの日だ。予告の日時を過ぎている。私はせき込むように言った。

「なぜ、ああ急に眠ってしまったのでしょう」

看護婦はそれに答えず、ドアをあけて出ていった。いとも事務的な表情で。これは、どんな意味なのだろう。

判断をつけかねているると、ドアがゆっくり開きはじめた。看護婦が戻ってきたのだろうか。それとも、閉じた次元からの侵入者がすでに……。

私は目を閉じたくなり、また、見開きたくなるような気持ちになった。しかし、開いたドアからは、恵子が入ってきた。なぜ彼女が。まだ世は終っていないとして、さっきのなぞは持ち越されている。なにをどう切り出したものか迷っていると、つづいて、もうひとりがドアから入ってきた。女医の水沢葉子。

なぞどころのさわぎではない。一種の衝撃ともいえた。どうしてここへ。あの、強固きわまる壁はどうなったのだろう。あくまで私をこばみ通した壁は。

私は手を伸ばしてみた。水沢女医はなれた手つきで私の手首をにぎり、脈をはかりながら言った。

「もう全快。大丈夫ですわよ」

壁は完全に消えている。信じられない。彼女もまた、組織網の支配下に入ったのだろうか。私は詰問《きつもん》するような口調で、いまの彼女の言葉を反射した。

「なにが全快で、なにが大丈夫なのです」

「なにもかもよ」

「ウイスキーに入っていたのは、なんだったのです。毒じゃなかったのですか」

「毒よ」

「しかし、まだ生きているようだ」

「ええ。毒は毒でも、問題のもととなった、第二のあなたへの毒よ」

「早くおっしゃって下さい。なんだったのです」

「いつかの自白剤。あれを高濃度でまぜておいたのよ」

「そうだったのですか。しかし、どうやってです」

私はなかば納得した。それにしても、あれだけ飲みたいと念じていたことが、こうも容易に果せた理由は……。

私にはなかば納得できない事態だった。これも敵の作戦の延長かもしれない。しかし、いちおうの説明を聞くだけは聞いてみたかった。

まず、恵子が言った。

「テレビ局でこのあいだお会いした時、あなたから、ただならぬ感じを受けたのよ。まえから、だんだんと激しくなってきたでしょう。ほってはおけないんじゃないかって」

「あの時は、たしかにそんな心境だったよ。それで……」

と、私はうなずき、先をうながした。

「それで、つぎの日。心配になって、お電話をしてみたの。すると、管理人の奥さんが教えてくれたわ。睡眠薬を飲みすぎたので、きょうはお話しなさらず、そっとしてあげておいたほうがいいでしょう、って。自殺なさろうとしたのじゃないかと、不安になったんだけど、どうしたらいいのかわからない。その時、ふと思い出したのよ」

「なにを……」

私には思い当らない。

「電話番号よ。いつも回していらっしゃったでしょう。あまりくりかえすので、あたしも覚えてしまっていたのね。これとなにか関連があるんじゃないかと気がついて、ためしにかけてみたのよ。それから、出かけていって、水沢先生にお会いできたわけよ」

水沢女医はそのあとを引きつぎ、笑いながら言った。

「はじめてお会いした時は、恵子さんの口調には、嫉妬《しっと》にあふれた感じがあったわ。問題の点を、完全に誤解なさっていらっしゃったようね」

恵子の顔は不意に赤みをおび、彼女の声はあわてて否定した。

「そんなことはなかったわよ」

好ましい印象を受けた。しかし、私にとっては、それを味わうよりも、疑問のほうが多かった。

「ぼくは何度も、西田医院へ出かけようとしました。だが、どうしても行けなかった。こう簡単にお会いできるのなら、先生のほうから出かけて下さればよかったのに……」

私はうらみがましい声で言い、水沢女医はそれに答えた。

「お手紙を出したけど、ごらんにならなかったようね。それから、あたしの留守中に電話があったわ。ほかの病院に通うことにした、とかいう……。勝手に自白剤を注射したので、お気にさわったのかとも思っていたのよ」

「だれかがかけたのにちがいない。すべて、ぼくの行動を邪魔しようという、やつらの意図だったんだ」

「そうだったのでしょうね。そこで、あたしは恵子さんと相談し、ウイスキーにまぜて自白剤をここに届けるようにしたのよ」

「そうだったのですか。しかし、まだよくわからない。ぼくのほうからは、手も足も出なかった。それなのに、そちらのほうでは電話も通じ、自白剤を運んできても、邪魔されることがない。組織網の力は及ばなかったのでしょうか」

私にとっては、最大の疑問だった。水沢女医は、また面白そうに笑った。

「そこが女よ」

つづけて、恵子も笑い顔を見せた。笑いは楽しい現象だが、理由のわからない笑いは不快さをもたらす。それに、いまの言葉の文句も。

「女のほうが頭がいいから、対策をあみだせたという意味なんですか」

医者という立場から「そこが専門家よ」と言われたのなら、がまんできる。しかし、男女の差を持ち出されては、だれだっていい気持ちではないだろう。

だが、水沢女医はすぐ、大げさな身振りで否定した。

「あら、そんなつもりで申しあげたのじゃないわ。女には、組織網の力が及ばないんじゃないかと思いついたわけよ」

「ああ……」

と、私は言ったつもりだった。だが、それはため息となり、からだじゅうの空気が、とめどなく流れ出てゆくようだった。そういえば……。

管理人の奥さんには、忘却現象も及ばなかったようだ。また、記憶にあるすべての事件を、いっぺんには検討できなかったが、女性が直接に組織網の指令で行動した例は浮かんでこなかった。つりこまれて参加した動きはあったにしろ……。

組織網には、女性へのカムフラージュという目的もあったようだ。人類の全部、あるいは大部分を支配できるのなら、なにも組織網が、これだけ手のこんだ演出をくりかえす必要もなかったわけだ。なぜ、これに気がつかなかったのだろう。あるいは、増田が集金にやってこなければ、あのとき思いついていたのかもしれない。しかし、いずれにせよ、面白くなかった。私は少しだけやりかえした。

「女性にはきっと、テレパシーがないんでしょうね」

「さあ、その点はわからないけど、波長かなにかが少しちがって、敵にとって扱いにくかったのかもしれないわ。それとも、最初にねらわれたのがあなたでなく女性だったら、女性のほうが組織網で支配されてしまったかもしれないし……」

「中世の魔女さわぎみたいにね」

と私はふと想像した。敵は今までにも何度か、調査の段階を重ねてきた、と教えてくれたこともあった。魔女さわぎは、それがなにかの原因で表面にあらわれたためだろうか。

「そうね。この際いっそのこと、悪魔に憑《つ》かれた男性狩りでもやれば、面白かったでしょうね。惜しいことをしたかしら」

水沢女医の話が横道にそれかけたので、私はひきもどした。

「で、女性は対象外かもしれないと考えてから……」

「確信はなかったけど、思い切って実行にかかったのよ」

「大胆を通り越して、無謀な感じもしますよ。そこが女性かな」

と私はまた、やりかえした。

「でも、うまく運んだでしょう」

「くわしいお話をお願いします」

「ええ。前の時には、途中で効果がきれかけて妨害が入ったでしょう。だから、こんどは量をふやし、濃度を高くしたのよ。そして、恵子さんなら組織網の警戒の対象にされていないだろうと想像し、ウイスキーを運んでもらったわけ。薬がきいているあいだは妨害もおこらないと知っていたから、時間をみはからって、あたしがここへ来る時には、なんの邪魔も入らなかったわ。それに、かかりつけの医者と告げたら、病院の人の了解もすぐに得られたわ。それから、クルコちゃんを呼び出し、暗示をかけたわよ」

「どんな……」

「思いがけない事態がおこったから、計画をはやく中止するよう、本部にすぐに連絡しなさい、って。これだけでよかったのかもしれないけど、念のために、暗示を追加しておいたわ。つぎに報告するまで、時期をのばせ、とも。また、クルコちゃん自身にたいしては、二度と本部からの指令をうけつけず、組織網を解散させなさいって」

「暗示を与える前に、もっと聞いておくべきことは残っていなかったかな……」

「ゆっくり研究もしたかったけど、切迫しているようで、治療のほうを急いでしまったのよ。悪かったかしら。もっとゆっくりでもよかったかしら」

私はあわてて打ち消した。

「いや、そんなことはありません。まにあって助かりました」

「なんにまにあったのかわからないけど、効果はあったかしら」

「あったようです」

予告された異変の日も、ぶじにすんでいる。また、組織網の妨害らしいものも、いちおうはおさまってしまったようだ。私は気にしつづけていたことを口にした。

「先生にも、西田先生のような危険が迫っているのかと、はらはらしていたんですよ」

「でも、大丈夫だったようね。組織網には、当人に危険な道路へ歩き出させる程度のことはできても、殺人はできなかったのじゃないかしら。催眠術で殺人をやらせるのは、当人の抵抗があって、うまく行きにくいものなのよ」

質問したいことは、いろいろとあった。だが、いまはお礼を言うべき時だった。

「おかげで全快したようです。ありがとうございました」

「あたしばかりでなく、恵子さんのおかげのほうが大きいわ。それに、あなたご自身の努力のおかげでもあるのよ。努力かどうかはわからないけど、ゆううつきわまる顔をなさらなかったら、恵子さんも、あたしの医院へいらっしゃらなかったわ。まあ、あれこれがうまく一致したおかげでもあるわね」

変な一致が異常を表面化し、変な一致がそれを終らせたことになるのだろうか。卵からヒナがかえる時のようだな。私は自分にしか通じない冗談を考え、それから、気がかりな点をたしかめてみた。

「再発することはないんでしょうか。もうこりごりだな、こんな目にあうのは」

「病気じゃなかったのですから、大丈夫だと思いますわ。異変のもととなった第二のあなたには、すべての計画を忘れさせてあるんだし、念には念を入れてあるのよ」

「どんな……」

「それに栓をして、鍵《かぎ》をかけた形にしておいたから」

「どんな栓、どんな鍵なんです」

「お知りにならないほうが、いいんじゃないかしら。なにかの拍子で外れたりすると、

「一大事でしょう」

と、またも水沢女医は面白そうに笑った。

世の終りかどうかのせとぎわだったのに笑うとは、ちょっとだけ気になる。しかし、女性とは案外、そんなものなのだろう。まあ、いい。なにもかも、無事に終ったようだ。

数日後の新聞には、小さな記事が出ていた。「航行中の貨物船のなかで、不審な装置が発見された。万一の危険を考慮し、すぐに海中に放棄された」という意味の。あるいは組織網から解放された人たちが、装置に気がつき、あわてたことを報じたニュースかもしれない。

男性ばかりが乗り込んでいる貨物船なら、敵にとっても適当な場所でもあったわけだ。その記事のそばには、はるかに大きく官庁汚職の記事があり、皮肉だった。しかし、これを皮肉と感じるのは私だけだろうし、私だってまもなく汚職さわぎに憤慨するようになるだろう。

それから、テープ・レコーダー型をした連絡用の四角な装置。もはや、どこにあるのか確かめる手段がない。床下か天井裏のような、どこか目立たない場所に放置された形になっているにちがいない。

そして、ひっそりと錆《さ》び、腐食してゆくのだろう。あるいは、なにかのはずみで子供たちがみつけ、オモチャ代りにいじり、こわしてしまうのだろう。

その気になってさがせば、私なら見つけ出すことができるかもしれない。しかし、それをやめた。ちょっとしたことで栓が外れ、私のそばに連絡器があった場合を考えると、あまりいい気持ちではない。私はまもなく、引っ越しをしてしまったのだ。そ引っ越しをしたのは、そのためだけでもなかった。恵子と結婚したからである。そして、無事な日がつづいている。クルコは、しばらくはぎこちなかったが、やがて完全に私の支配下にもどり、それ以来、二度と異常なことを口走ることはない。

もっとも、独身時代からの習慣もあって、時どき、バー〈ラルム〉に寄る。そんな時、ハイボールを飲みながらふと考えることは、水沢女医の言った、栓や鍵についてだ。

最初に自白剤を注射された際、私自身の告白をはじめに聞かれたのかもしれない。水沢女医が第二の私の動きを消し去ったあと、そこに、恵子を愛しつづけるようにとの暗示を、一杯にたたきこんだ可能性だ。

想像できないことでもない。あれから、あっというまに結婚してしまったのだから。

この想像が当っているのか、当っていないのかについてはなんともいえない。まあ、あまり好奇心を抱いていじらないほうがよさそうだ。栓が外れでもして、またも夢魔があばれ出し、世界を破滅の危機におちいらせるよりは、いまのままのほうがいいだろう。それに私も現状にはべつに不満でもないのだから。

# 解説

## ——あまりに個人的な星新一体験

梶尾真治

私がSFというジャンルを意識したのは小学六年のお正月にSFマガジンの創刊号に出会ってからのこと。同時に小学校の帰りに本屋に立ち寄る習慣ができてしまった。SFの面白さに覚醒《かくせい》したものの出版されているSFの絶対数が限られていて、新たなSF作品との出会いを渇望《かつぼう》していた。

立ち寄った本屋で、SFを連想させるタイトルの本がならんでいると必ずチェックしていた。〈ロボット・宇宙・恐竜・地球・惑星・次元・太陽系・未来……〉

中一の某日、目に止まったのが、「人造美人」という本だった。作者の名前は聞いたことがなかった。それが星新一さんの作品に接した初めての瞬間だった。

限られたお小遣いを無駄にしてはいけない、と短篇集であることを確認して、私は冒頭の作品を立ち読みしたのだ。それが「ボッコちゃん」だった。読みやすい文体でさらさらと読めた。ボッコちゃんとは人間そっくりな女性ロボットの名前だったのだ。

そして読みあげた。ショックだった。予想もしない驚愕《きょうがく》の結末が待っていたのだから。それがショートショートと呼ばれる作品群だと初めて知った。もちろん、ショック状態のまま「人造美人」を買い求めたのは言う迄《まで》もない。そして帰宅するや、むさぼるように、その日のうちに読み終えていた。どれも、結末が衝撃だった。体験したことのない読後感だった。それから星新一さんのショートショート集は出るたびにすべて買い求めた。

短かい枚数で読みやすい文体、そして予測できない驚きの結末。こういうとき、中学二年の私は妄想を抱いたりもした。ショートショートは、ぼくにも書けるんじゃないか？　書いた。書いた。ショートショート擬《もど》き。星新一さん、そっくりの話を作り、友人に読ませてみた。もちろん、彼も星ファン。だが評価は「ちっとも面白くない」

やはり、星さんは〝神〟なのだ、と認識した瞬間だった。真似《まね》ても何かが欠けてしまう、と。

それでも私はＳＦが好きだった。だから、高校の頃も大学の頃も、ひたすらＳＦを書き続けた。星新一さんも初期からの同人であった科学創作クラブに入会して。そして同人誌『宇宙塵』や九州ＳＦクラブのファンジン『てんたくるす』に作品を発表した。

その頃、『てんたくるす』はプロのＳＦ作家の方々にもお送りしていたのだが、九州ＳＦクラブの会長兼編集長の松崎真治さんから連絡を頂いた。星新一さんから、お礼の葉書が届いた、と。私の掌篇「もっともな理由」が、「見たことのないオチでおもしろく読みました」とのこと。それを聞いただけで、あまりの嬉《うれ》しさに舞上ったのはいうまでもない。書き続けてよかった。ショートショートの神さまに褒《ほ》められるなんて。

この励ましは私にとって効果覿面《てきめん》。以降もがむしゃらに書き続ける原動力となった。

時は流れる。

私は大学を卒業し、名古屋に就職したが、夜は必死にＳＦを書き続けていた。

そして『宇宙塵』に掲載された「美亜へ贈る真珠」という短篇が『ＳＦマガジン』に転載され商業誌デビューを果たすことができたのだった。

この作品を当時の星新一さんがお読みになったかどうかは、わからない。しかし、そのときはすでに星新一さんはＳＦ界のスーパーヒーローであり、文芸界でも引っ張りだこのショートショートの巨匠という存在だったのだ。

私は、ＳＦマガジンに短篇を載せて頂いたが、それから熊本に帰り休筆期間が続いた。だが、ＳＦに対する想いは鎮まることなく、執筆を再開する。幸い、その短篇群はＳＦマガジンで掲載して頂けた。やがて、その分量は一冊にまとまる程にもたまっていた。

当時のＳＦマガジン編集長、今岡清さんに「地球はプレイン・ヨーグルト」という書名を選んで頂いた。文庫で出そうということに。

私が上京していたときのことである。

「解説は誰にお願いしましょうか？」と今岡さんに言われた。星新一さんの名前がよぎったが、とても口には出せなかった。「おまかせします」と答えると、今岡さんは腕組みした。結論は出ず、その夕は「飲みに行きましょう」ということになった。

何というお店だったか忘れてしまった。今岡さんと訪れた店は小さなバーだった。

そのカウンターに星新一さんがいた。

「星新一さんですよ」と今岡さんに言われるまでもなく、私にはその方が星新一さんだとすぐにわかった。何度も写真で見ていた。当然ながら同じ顔だったのだから。ただ、こんなに大柄な方かと驚いたのは覚えている。

今岡さんに紹介されて「ショートショートを褒めて頂きました」と厚かましくも言

った。「へぇ。そんなこと、あったの?」と星さんが首をひねる。恥かしくて顔から火を噴く想いだった。ここで、今岡さんが、私にとんでもないことを耳打ちした。

「文庫解説、星さんに頼んじゃいましょか」

まさか? そんなに簡単に。ショートショートの神さまに?

あのとき、私は何と言ったか記憶にない。結果的に、星さんは「ああ、いいですよ。やりましょう」と引受けられたのだ。何の条件もつけられずに。好みの作品でないという可能性もあるのに。よほどに、その日の星さんはいいことがあったのかもしれないな、と思った。

しばらく後、熊本のわが家に電話があった。母が「星さんという方から」

私には、それが星新一さんとは結びつかないまま電話にでた。

星新一さんだった。私の「地球はプレイン・ヨーグルト」収録の作品をすべて読み、これから解説を書くところだが、確認したいことがあるから電話したのだ、と話された。

それから、私に対して星さんは取材を開始したのだ。どのように育ってきたのか? 読書経歴は? どんなSF作家のSF作品が好きなのか? どんなものをこれから書いていこうと思っているの?

その後、収録作品について星さんが疑問に思われた点を一つずつ確認される。電話の向こうでは、メモをとっておられるようだった。しばらく会話が途絶えることもあった。

質問に答えている私が、どれほど緊張していたことか。

私がそのとき感じたことを記しておくと、星新一さんという神さまは、解説など自分の直観的感覚だけで書かれるのではないか、と考えていた。それは間違っていた。解説の相手に対して、これでもかと納得がいくまで取材を続ける。

文庫「地球はプレイン・ヨーグルト」が出て巻末に星新一さんの解説が載った。私の一生のうちに、あれほど感激したことは、そうそうない。そして内容。あれだけ東京―熊本の長距離電話で長時間やったやりとりは、ほんの数パーセント記されていたに過ぎない。それらは、星さんの無駄のない読みやすい文体で適確に紹介されていた。

プロ……いや神さまの技とは、これなのだと思った。

星さんのショートショートも、これなのだと私はそのとき確信した。

無駄のない読みやすい文体とわかりやすい筋はこび。そして誰にも予測できない結末。

実は、その背後には数十倍の情報が潜んでいるのだ、と。そして星さんの頭の中で検討が加えられ、取捨選択が行われる。創作の場面では、より過酷な作業過程が加わっている筈《はず》だと思えてならないのだ。予想のつかない結末も星さんの頭の中では何パターンも考えられた結果であるように思えてならない。

その後、熊本で生活する私は、星新一さんとお会いできる機会はなかった。

一期一会という言葉がある。

あの銀座のバーでの出会いが、私と星新一さんのそれにあたるのだろう。星新一さんの作品をそれからも読み続け、がむしゃらに書き続けてきたが、熊本という地理的なこともあって星新一さんには、もうお会いすることはなかった。

私の、「地球はプレイン・ヨーグルト」の解説の最後で、星新一さんはこう結ばれた。「この第一短篇集の解説を書かせてもらったことが、将来、私にとって光栄になるのではなかろうか」と。

まだ、そこ迄たどり着けずにいる私だが、星新一さんのその言葉は、壁にぶち当ったときの私の大きな励みになっている。

さて、やはり最後には本書「夢魔の標的」に触れておくべきだろう。

星作品の長篇は少い。そして、ショートショートでは星ワールドのイメージともいえる奇妙な設定のSF作品群を長篇で味わおうと思ったら本作しか見あたらないのだ。私が、本作に出会ったのは、SFマガジンの連載小説としてだった。星作品の長篇連載が始まると知り、小躍りして喜んだものだった。

さて、主人公の〝私〟が易者に謎《なぞ》のような言葉を聞くことから物語は始まる。やがて〝私〟の職業が腹話術師でありクルコちゃんという女の子の人形を操る芸人であることがわかる。そして異変が〝私〟のまわりで起りはじめる。〝私〟が喋《しゃべ》らせる筈のクルコちゃんが自分で意思を持ったかのように暴走を始めるのだ。

まさに、星作品のSFワールドを待ち望んでいたその頃の私のために書かれたような滑り出しだった。星作品らしい謎の呈示。そしてショートショートのときに読み覚えた懐しささえある文体。ショートショートのときと異なるのは、筋の逆転がトリッキーになっていること。そしてその転回の裏づけがより巧妙になされること。これはショートショートのときには味わえなかった長篇ならではの醍醐味《だいごみ》ではなかろうか？

事件は主人公の〝私〟が日常で行動しているそれほど広くない場所で起る。それでも、起っている事件そのものは世界の存亡にも関係するほどのスケールの大きさだ。

そして、結末はやはり読者の予想を大きく超えた、驚くべきことが用意されている。

発表舞台がSFマガジンということからも実に緻密《ちみつ》に計算された長篇であったのではないか、と私には思えるのだ。

星作品ファン、SFファンなら膝《ひざ》を叩《たた》きそうなガジェットをばらまき、奇妙な論理を駆使して物語を紡ぐ。そして驚愕の結末。

それは星新一さんのサービス精神の表れとも感じられる。

「夢魔の標的」は、その時期の星ショートショートの集大成を狙《ねら》って書かれたのかもしれない。ただ、ショートショートでは記号としての人名しか登場しない。エヌ氏とかエフ氏とか。それが固有名詞として人名や商店名が出てくると異和感を持ってしまうが、長篇としては、それが最上だと選択された結果だろう。しかし、些細《ささい》な問題と思える。

そして、今、私は考えている。「夢魔の標的」は星新一さんの大河ショートショートに挑戦した作品なのではないか、と。


（二〇一三年六月、作家）

この作品は昭和三十九年十二月早川書房より刊行された。

星新一著

# ボッコちゃん

ユニークな発想、スマートなユーモア、シャープな諷刺にあふれる小宇宙！　日本ＳＦのパイオニアの自選ショート・ショート50編。

星新一著

# ようこそ地球さん

人類の未来に待ちぶせる悲喜劇を、卓抜な着想で描いたショート・ショート42編。現代メカニズムの清涼剤ともいうべき大人の寓話。

星新一著

# 気まぐれ指数

ビックリ箱作りのアイディアマン、黒田一郎の企てた奇想天外な完全犯罪とは？　傑出したギャグと警句をもりこんだ長編コメディー。

星新一著

# ほら男爵現代の冒険

〝ほら男爵〟の異名を祖先にもつミュンヒハウゼン男爵の冒険。懐かしい童話の世界に、現代人の夢と願望を託した楽しい現代の寓話。

星新一著

# ボンボンと悪夢

ふしぎな魔力をもった椅子……。平和な地球に出現した黄金色の物体……。宇宙に、未来に、現代に描かれるショート・ショート36編。

星新一著

# 悪魔のいる天国

ふとした気まぐれで人間を残酷な運命に突きおとす〝悪魔〟の存在を、卓抜なアイディアと透明な文体で描き出すショート・ショート集。

おのぞみの結末

星新一著

超現代にあっても、退屈な日々にあきたりず、次々と新しい冒険を求める人間……。その滑稽で愛すべき姿をスマートに描き出す11編。

マイ国家

星新一著

マイホームを"マイ国家"として独立宣言。狂気か？　犯罪か？　一見平和な現代社会にひそむ恐怖を、超現実的な視線でとらえた31編。

妖精配給会社

星新一著

ほかの星から流れ着いた〈妖精〉は従順で謙虚、ペットとしてたちまち普及した。しかし、今や……サスペンスあふれる表題作など35編。

宇宙のあいさつ

星新一著

植民地獲得に地球からやって来た宇宙船が占領した惑星は気候温暖、食糧豊富、保養地として申し分なかったが……。表題作等35編。

午後の恐竜

星新一著

現代社会に突然巨大な恐竜の群れが出現した。蜃気楼か？　集団幻覚か？　それとも立体テレビの放映か？――表題作など11編を収録。

白い服の男

星新一著

横領、強盗、殺人、こんな犯罪は一般の警察に任せておけ。わが特殊警察の任務はただ、世界の平和を守ること。しかしそのためには？

星新一著
妄想銀行
人間の妄想を取り扱うエフ博士の妄想銀行は大繁盛！　しかし博士は、彼を思う女からとった妄想を、自分の愛する女性にと……32編。

星新一著
ブランコのむこうで
ある日学校の帰り道、もうひとりのぼくに会った。鏡のむこうから出てきたようなぼくとそっくりの顔！　少年の愉快で不思議な冒険。

星新一著
人民は弱し　官吏は強し
明治末、合理精神を学んでアメリカから帰った星一（はじめ）は製薬会社を興した――官僚組織と闘い敗れた父の姿を愛情こめて描く。

星新一著
明治・父・アメリカ
夢を抱き野心に燃えて、単身アメリカに渡り、貪欲に異国の新しい文明を吸収して星製薬を創業――父一の、若き日の記録。感動の評伝。

星新一著
おせっかいな神々
神さまはおせっかい！　金もうけの夢を叶えてくれた〝笑い顔の神〟の正体は？　スマートなユーモアあふれるショート・ショート集。

星新一著
にぎやかな部屋
詐欺師、強盗、人間にとりついた霊魂たち――人間界と別次元が交錯する軽妙なコメディー。現代の人間の本質をあぶりだす異色作。

## 新潮文庫最新刊

畠中恵著 **ちょちょら**

江戸留守居役、間野新之介の毎日は大忙し。接待や金策、情報戦……藩のために奮闘する若き侍を描く、花のお江戸の痛快お仕事小説。

沢木耕太郎著 **あなたがいる場所**

イジメ。愛娘の事故。不幸の手紙——立ち尽くすほかない生が、ふと動き出す瞬間を生き生きと描く九つの物語《ナイン・ストーリーズ》。著者初の短編小説集。

星新一著 **つぎはぎプラネット**

奇跡的に発掘された、同人誌に書かれた作品や、書籍未収録作品を多数収録。ショートショートの神様のすべてが分かる幻の作品集。

髙樹のぶ子著 **トモスイ** 川端康成文学賞受賞

溶け合いたい。自分が無くなるほどに——。タイの混沌、バリの匂い、韓国の情熱。アジア十カ国の濃密なエロスを湛えた傑作短編集。

宮木あや子著 **ガラシャ**

政略結婚で妻となった女が、初めて知った情愛のうねり。この恋は、罪なのか——。細川ガラシャの人生を描く華麗なる戦国純愛絵巻。

中森明夫著 **アナーキー・イン・ザ・ＪＰ**

気弱な少年シンジに、伝説のアナーキスト大杉栄の魂が宿った。時空を越えて炸裂する思想の爆弾で最強アイドルりんこりんを救え！

# 新潮文庫最新刊

吉川英治著

**三国志（十）**
―五丈原の巻―

諸葛亮vs.司馬懿！　天才二人の決戦が始まった。亡き劉備の意志を継いだ諸葛亮、最期の戦いの行方は。宿命と永訣の最終巻。

吉川英治著

**宮本武蔵（八）**

遂に、ライバル・佐々木小次郎との命を賭した雌雄決戦！　巌流島で待ち受けるのは、勝利か死の府か――。落涙必至の最終巻。

田辺聖子著

**田辺聖子の古典まんだら（上・下）**

古典ほど面白いものはない！　『古事記』『万葉集』から平安文学、江戸文学……。古典をこよなく愛する著者が、その魅力を語り尽す。

中島らも
いしいしんじ著

**その辺の問題**

号泣した少女マンガ、最低の映画、東京一まずい定食屋から、創作への情熱まで。名言、名エピソード満載の、爆笑対談エッセイ。

垣添忠生著

**悲しみの中にいる、あなたへの処方箋**

死別の悲しみにどう向き合うのか――。最愛の妻を亡くした医師が自らの体験を基に綴る、悲しみを手放すためのいやしと救いの書。

石浦章一著

東大駒場超人気講義
**サルの小指はなぜヒトより長いのか**
―運命を左右する遺伝子のたくらみ―

寿命を延ばす遺伝子？　男と女の脳の違い？　毛がないのは進化なの？　文系アタマでも納得、生命科学の魅力爆発の超人気東大講義録。

# 新潮文庫最新刊

手嶋龍一著
宰相のインテリジェンス
―9・11から3・11へ―
本土へのテロを防げなかった米大統領、東日本大震災時に決断を下せなかった日本国首相。彼らの失敗から我々が学ぶべきものとは。

朽木ゆり子著
東洋の至宝を世界に売った美術商
―ハウス・オブ・ヤマナカ―
十九世紀、欧米の大富豪と超一級の美術品を取引した山中商会は、なぜ歴史の表舞台から姿を消したのか。近代美術史最大の謎に迫る。

伊達雅彦著
傷だらけの店長
―街の本屋24時―
本屋の日常は過酷な闘いの連続だ。給料は安く、ほとんど休みもない。それでも情熱を傾けて働き続けた書店員の苦悩と葛藤の記録。

C・カッスラー
D・カッスラー
中山善之訳
神の積荷を守れ
（上・下）
モスク爆破、宮殿襲撃……。邪悪な陰謀を企むオスマン王朝の末裔が次に狙いをつけたのは――。ダーク・ピット・シリーズ第21弾！

P・オースター
柴田元幸訳
ガラスの街
透明感あふれる音楽的な文章と意表をつくストーリー――オースター翻訳の第一人者によるデビュー小説の新訳、待望の文庫化！

S・シン
E・エルンスト
青木薫訳
代替医療解剖
鍼、カイロ、ホメオパシー等に医学的効果はあるのか？　二〇〇〇年代以降、科学的検証が進む代替医療の真実をドラマチックに描く。

# 夢《む》魔《ま》の標《ひょう》的《てき》

新潮文庫　ほ-4-13

昭和五十二年十二月二十日　発行
平成二十五年八月二十五日　二十六刷改版

著者　星《ほし》新《しん》一《いち》

発行者　佐藤隆信

発行所　株式会社 新潮社

郵便番号　一六二―八七一一
東京都新宿区矢来町七一
電話　編集部(〇三)三二六六―五四四〇
読者係(〇三)三二六六―五一一一
http://www.shinchosha.co.jp

価格はカバーに表示してあります。

乱丁・落丁本は、ご面倒ですが小社読者係宛ご送付ください。送料小社負担にてお取替えいたします。

印刷・株式会社光邦　製本・憲専堂製本株式会社

© The Hoshi Library 1977 Printed in Japan

ISBN978-4-10-109813-5 C0193